情報屋さんは駆け回る
JYOHOYA SAN HA KAKEMAWARU
CHARA CTER
ウルル
ULURU

[シロ]
SHIRO
[カラス]
KARASU
[アーサー]
ARTHUR

情報屋さんは駆け回る

仮面色

ぶんか社

C O N T E N T S

プロローグ

「なぁなぁ、いよいよ今日だな？」

「ん？」

高校に入学してから一ヶ月ほど経った、ある日の放課後のことだ。俺、黒崎《くろさき》飛躍《ひやく》は自分の席でうとうとしていたところ、唐突に話しかけられた。

声の方に振り向くと、一人の男子が立っていた。坊主頭とまではいかないが、さっぱりと刈り揃えた短髪が目立つ。制服の上からでもわかるくらい、がっしりとした体つきでよく鍛えられている。

人懐っこい笑顔を浮かべて俺の言葉を待っているようだ。

「えーと……同じクラスの……五所川原《ごしょがわら》君だっけ？」

「いや誰だよそれ!?　福町《ふくまち》だよ！　福町　閂《かんぬき》！」

「ああー……も、もちろん知ってたぞ？」

「疑問文じゃねーか！　絶対忘れてたよなぁ!?」

「………チッ」

「舌打ちした!?」

どうやら誤魔化されてくれなかったようだ。名前を忘れていたのは本当なので強く反論できないし、仕方ない。

それにしても、なんの用だろう？　同じクラスになってから、ほとんど話したことはないはずだが。

「で、なんの用なんだ？」

「おいおい、何言ってんだよ。今日は『ビリオン』の正式なサービス開始の日だろ？」

『ビリオン』とは完成したばかりの、新作VRMMORPGのことだ。様々な大企業が出資、及び技術提供して作られたとの触れ込みですごく話題になっている。

膨大《ぼうだい》な数の職業やアイテム、全てのＮＰＣ《ノンプレイヤーキャラクター》にAIを組み込んでいるなどクオリティが圧倒的に高いのに、最初のダウンロード料以外は一切無課金で遊べるという冗談みたいなゲームだ。

利益を度外視していることから、どこかの資産家が道楽の為に寄付したんじゃないかとの噂も流れている。

福町の名前は忘れていたが、どんな奴かはだいたい知っている。部活には入っていないようだが、教室でも運動部の連中とよく話しているし、いわゆるリア充に近いタイプだと思う。一見、ゲームに興味なさそうに見える。

「俺、結構ゲーム好きなんだよ。MMOもいくつかやり込んでたし」

そう言って、これまでプレイしてきたゲームのタイトルをいくつか挙げてきた。有名どころからマニアックなものまであって、にわかゲーマーじゃなくて熟練者であるとわかる経歴だった。

「なるほど……お前が見かけによらず、ゲーマーなのはわかった。でもなんで、俺にその話を振ってきたんだ？」

俺は物静かだとよく言われるタイプで、普段人とあんまり話さない。もちろんこいつとも話したことはないし、ましてゲームの話題も出したことがない。

俺と雑談したかっただけにしても、いきなりその話題はちょっと無理がある気がする。

「え、だって黒崎、ベータテストに参加してただろ？」

「なぜ知ってる⁉」

「俺も参加してたんだよ。たまたま見かけた時に、なんか雰囲気とか似てるなーって思ってたんだよ。で、よく見たらプレイヤー名が『ヒヤク』ってなってたから、多分本人だなって」

しまった、失敗した……！　ベータテストの抽選に運良く当たったから気を抜いていた。すごく倍率高かったし、どうせ知り合いもいないだろうと本名を使ったのが間違いだった。

「ベータだけでもめちゃくちゃ面白かったし、黒崎も正式版やるだろと思って話しかけてみたんだ」

「そういうことか……。まぁ、帰ったらやるつもりだけど」

「だろー！　じゃあさ、良かったら俺と一緒にプレイ……」

「断る」

「……しないか、って断るの早いな⁉」

なんとなく気付いていたが、やっぱりそういうことか。

「悪いな。俺は皆でワイワイやるより、マイペースに進めたい人間なんだ」

「そこをなんとか！」

「無理」

「一回だけでも！」

「拒否」

「なっ、頼むよ！」

スパッと断ってるのに、しつこく食い下がってくる。とうとう頭まで下げ始めた。まずい、他のクラスメイトがチラチラこっちを見ている。

「この通り！」

「わかった、わかったから、頭上げろって……！」

「じゃあ一緒に遊んでくれるか!?」

「いやそれは…………なぁ、どうしてそんなに俺にこだわるんだよ？」

一昔前のゲームと違って、これはMMORPGだ。遠く離れたところの人とも遊べるのが醍醐味《だいごみ》なんだから、別に俺に頼み込まなくても、ゲーム内でいくらでも友達なんて作れるはず。こいつみたいに社交的な奴なら、そう難しいことじゃないだろう。

「え、あー……。俺さ、誤解されがちなんだけど、体を鍛えてるのは健康の為っつーか、必要だからやってるだけでさ。どっちかといえばインドア派の人間なんだよ」

「へぇ……。意外だな」

そんな鍛えられた体つき見たら、たいていの人はアスリートか何かだと思うだろうな。

「中学の時は運動部の連中とつるんでることが多かったんだけど、そいつらはあんまりゲームしなくてさ……」

「それはわかる」

「学校でもゲームの話したかったんだけど、あんまりできなかったんだ」

実際、スポーツに打ち込んでたらゲームをやり込む暇はないだろうし、やるとしても時間潰しくらいだろう。

「だから高校に入ったら、今度こそ一緒にゲームできる奴と仲良くなろうと思ってたんだ」

「それで俺を見つけて、仲間にしようと」

「ああ、そういう訳だ」

なるほど、筋は通ってるな。

「うーん……その話聞いてしまうと、一緒に遊んでやりたくはあるが……」

腕を組んで考える俺を、福町は不安そうに見つめていた。俺は少し悩んだ末に結論を出した。

「じゃあ、こうしよう」

「どうするんだ?」

「やっぱり俺は、始めてからしばらくは一人でプレイする」

「マジか……」

俺の話を聞いて、福町はわかりやすくガクッと俯《うつむ》いていた。無理もないと思うが、まだ話は終わってない。

「最後まで聞けって。その後ある程度慣れてきたら、合流してプレイするってことでどうだ?」

「おお……！　それでよろしく頼む！」

今度はきっちり頭を九十度になるくらい下げてきた。こういうところ見ると、体育会系っぽく感じるけどなぁ。

「よし、話も決まったことだし、俺は帰って早速プレイするわ」

「ああ、本当にありがとな！　一緒に遊べるの楽しみにしとくから！」

俺は手早くカバンに教科書類を詰め込み、席を立った。明日から土日だし、ガンガン進めたいところだ。予定をぼんやり考えながら、帰路についた。

気が急《せ》いていた俺は福町の言葉を聞き逃していたことに気付かなかった。

「………………まぁ、お前を誘った理由は、それだけじゃないんだけど、な」

◆◆◆

「ただいま」

放課後、寄り道もせずに急いで家に帰ってきた。早くゲームがしたくて待ちきれない。靴を適当に脱ぎ捨て、リビングの横を通り過ぎる。

「んぉ!?」

いや、通り過ぎようとしたところで、ガクンと背中からの衝撃に襲われた。そのまま、おそるおそる振り返ると、目の前に顔があった。

「んふ～」

「よーちゃん……抱きつくのはやめて、っていつも言ってるだろ……」

「え～？　いいでしょ、ひーちゃんは大事な弟なんだから～」

間延びした喋り方、肩まで揃えたボブカット、とろんとしたたれ目、雰囲気の全てがほんわかしたこの人こそ俺の姉、黒崎夜目《くろさきよめ》だった。

「毎日抱きつくのは、やり過ぎだってば……」

「そんなことないって～。普通だよ～」

ご覧のように俺のことを溺愛しており、隙があればスキンシップを図ってくる。いわゆるブラコンだ。正確に言えば、実の姉ではないのだが……その辺の事情は省略する。

「それにひーちゃんてば、またゲームに没頭するつもりなんでしょ～？　今抱きつかないでどうするの～」

「頼むからフルダイブ中に体をいじるのだけは、やめてくれよ……。エラー起きるから」

VR機器の使用中、体に強い衝撃を受けると安全機能が働き、強制停止してしまう。以前、プレイ中に抱きつかれたせいでひどい目にあった。

「私もゲームしたら、ひーちゃんと遊べるかな～？」

「それはそうだけど……RPGだぞ？　よーちゃん、モンスターと戦うとか苦手でしょ」

「むう～」

俺が指摘すると、不満そうに頬を膨らませていた。俺と遊びたいのはやまやまだけど、事実だから言い返せないってところだな、この顔は。

「ゲームしてない時はよーちゃんに構ってあげるからさ、ね？」

「……うん、わかった～」

頭を撫《な》でながら宥《なだ》めると、素直に引いてくれた。基本、聞き分けはいいし、俺が困るような無茶はしないから、俺も怒ったりはしない。なんだかんだで、いい姉だ。

よーちゃんを宥めたところで、早くゲームをする為、二階の自分の部屋へと向かった。

第一章　ゲームスタート

開発当初のVR機器はコードの繋《つな》がった大型のヘルメットだったそうだ。だが現在では、大幅に小型化・軽量化が進められ、ポケットにしまえるサイズのゴーグル型となっている。充電式ではあるものの、ワイヤレス化され通信ケーブルの類ももちろん必要なくなっている。

電源を入れて装着すれば、あっという間に個人専用の仮想空間へと意識が飛ぶ。俺の場合は書斎のような個室に設定してある。

落ち着いた茶色の机に向かうと、机全体がディスプレイとなり、選択画面が展開される。

『しばらくお待ち下さい……。コンテンツを選択して下さい』

穏やかな女性のような機械音声が流れる。それに従ってプレイするゲームを選択する。今日届くようにダウンロード予約してあったが、問題なさそうだな。

『「ビリオン」が選択されました。ダウンロード中です……ダウンロードが完了しました』

一昔前だったら、初めてのゲームはダウンロードに何分も時間がかかっていたそうだが、今では数秒で準備完了になる。

音声と共に一瞬視界が真っ暗に切り替わる。そしてゆっくりと明るくなっていく。

はっきり見えるようになる頃には、俺は小部屋の真ん中に立っていた。壁も床も白一色に塗られており、ぼんやり光っているように見える。

『ようこそ、ビリオンへ！　プレイヤーの新規アカウントが確認されました』

ゲームが開始されると、先ほどとは違った音声が流れる。機械的なのは変わらないが、若干幼いというか少女のような印象を受ける。

ディスプレイには鏡のように俺自身の顔が映り、横には様々な項目が列記されている。

『アバターは現実世界での肉体を基にして自動生成されますが、顔の各パーツ、及び髪型は自由に設定することができます』

残念ながら現在の技術では、実際の自分と極端に違うアバターを操作することはできないらしい。例えば俺が小学生サイズのアバターを使うとか、女性のアバターを使うとか。

実際、開発段階でそういう案も出たらしいが、いざテストとなった時に様々な問題が生じたと話題になった。

システム上のエラー発生だけでなく、現実の肉体と全く違うアバターを使用したプレイヤーが、テスト終了後に身体に違和感を感じて、しばらく立てなくなる事故が起きたらしい。短時間のテストだったから症状が軽くて済んだのだろうが、長時間使用すれば神経系に異常が出る可能性が高いとして、使用禁止扱いになった。

そんな訳で、アバターは自分の肉体が基本となる。その代わり、顔のパーツはかなり自由に設定できる。その気になれば、筋肉ムキムキの人が顔は美少女に設定する、なんてのもできるが……俺はやりたくない。

「よし、こんなものか」

数分後、なんとか顔の変更を終えた。といっても、もともとの自分の顔から変更した点はそれほどない。

まず、わざと目付きを少し悪くして、目の下にはっきりわかるくらいのクマをつけた。やや強面《こわもて》の悪人風スタイルだ。

あとは、後ろ髪を少し伸ばして首のところで結んだ。ちなみにテーマは、軽薄そうで胡散臭《うさんくさ》い若者だ。まぁ、これくらい変えておけば、身元バレすることもないだろう。

『プレイヤー名を入力して下さい』

入力画面に切り替わった。ベータテストのように本名を使う気はない。ないとは思うが、福町の奴以外にバレないように気をつけねば。

『重複を確認中………該当なしを確認。プレイヤー名は【カラス】で決定されました』

名字の『黒』と名前の『飛』から連想してカラス。ひねりはないが、シンプルが一番だと思う。重複はどうやら問題なかったようだ。もし被ったら適当に数字でも追加するつもりだったが、無用な心配だった。

『初期のスキルを五つ選択して下さい』

このゲームにおけるスキルとは、要するにキャラクターの持つ才能のことだ。スキルがあるかないかで行動に大きく違いが出る。そしてスキルはあくまで才能、実際に使用する技、技術は「アーツ」と呼ばれる。

例えば【長剣】スキルを持っていれば、《斬り払い》や《直線突き》などのアーツが使えるという訳だ。

「これとこれと……あとこれだな」

事前に調べておいた中から、必要なスキルを選んでいく。

俺が選んだのは【短剣】【加速】【跳躍《ちょうやく》】【鑑定】【解錠】の五つだ。

【短剣】は文字通り短剣を使いこなすスキルだ。武器は、装備するだけならどんな職業でも可能だ。格闘家がハンマーだって装備できるし、弓兵《きゅうへい》が杖を使うことだってできる。だが実際に敵と戦っても、それだけでダメージを与えることはできない。スキルを持っていない武器では、攻撃してもノーダメージと判定される。

【加速】は移動時のスピードに補正がかかるスキルだ。スタートダッシュが速くなるだけでなく、走れば走るほど徐々に速くなっていくらしい。どのくらいまでスピードが上がるのか、ベータ版ではわからなかったので要検証だな。

【跳躍】は文字通りジャンプ力を上げるスキルだ。これは【加速】とのコンボを期待して取ることにした。走り幅跳びのように組み合わせれば、かなりの高さや距離まで跳べるかもしれない。

【鑑定】はゲームでお馴染《なじ》みの、物や人の状態を調べるスキルだ。これは割と重要なスキルで、運営の方でも最初に取得するのを推奨しているようだった。

最後に【解錠】は、これもある意味盗賊の必須スキルだと言えるだろう。ダンジョン内には大抵宝箱が設置されているが、鍵がかかっている物もある。これがあれば自分で開けられるので、非常に便利だ。

『ジョブを選択して下さい』

選んだスキルに基づいて、なれるジョブの一覧が表示される。流石《さすが》に魔法系の職業は選択肢にないようだ……魔法系スキル取ってないから当たり前か。

一通り目を通してから、あらかじめ決めていたジョブを選択する。

『ジョブは【盗賊】でよろしいですか？』

俺が選ぶのは【盗賊】だ。もちろん言葉通り盗みを働く職業ではなく、いわゆるファンタジー世界での盗賊だ。

素早い動きを基本とし、斥候《せっこう》役だったり撹乱《かくらん》を行う役割。戦闘以外でも罠の解除や宝箱の解錠などを行う。戦闘も補助もこなせるので、育て方次第ではなんでも屋になり得る職業だ。

バランス良くしようとすると、どれもこれも中途半端になりがちだが……そこは要注意だ。

『最後にステータスの設定をして下さい』

メニュー画面からステータスを開く。ステータスは数字表記ではなく棒グラフ表記だった。なので正確な細かい数値はわからない。だが盗賊を選んだせいか、腕力や速度は他の数値よりやや高い。

棒グラフを操作してステータスに調整する。と言っても、今回は最初から速度を徹底的に伸ばそうと考えていた。なので調整はさっさと終わった。

あと、ついでにダメージを受けた時の痛みの設定もしておいた。現実と同じ痛みを受けていたらショック死する可能性もあるので、基本的に軽減はされている。その上で、どの程度の痛みを体感するか選べるシステムだ。

俺はリアルな感覚を楽しみたい派なので、かなり体感を現実寄りにしてある。

あとはチュートリアルだ。

◆◆◆

『最後にチュートリアルを行います。選択した職業に合わせて内容は変わります』

いよいよ最後か。内容が違うというのは、戦闘職と生産職を分ける為の配慮じゃないかと俺は睨《にら》んでいる。

『初心者用アイテムセットを配布します。セットの中身は選んだ職業とスキルの内容に合わせて変化します』

なるほど。職業毎に共通の装備をくれるのではなく、スキル内容もきちんと反映した上で装備が決まるのか。

ポンッ、と目の前にサッカーボール大の茶色の皮袋が出現した。紐をほどくと、独りでに口が開いていく。

『【初心者のナイフ】【初心者のバンダナ】を入手しました！』

画面を開いてアイテムを確認しておく。

初心者のナイフ
簡単な作りのナイフ。初心者にも扱いやすい。
・腕力上昇

初心者のバンダナ
特徴のない普通のバンダナ。大量生産されたもの。
・速度上昇

『準備ができたら、メニュー画面から開始を選択して下さい』

メニューを操作して手早くナイフとバンダナを装備していく。バンダナは装飾扱いかと思ったが、どうやら頭部の装備になるらしい。

ナイフはアンティーク風の諸刃《もろは》のナイフだった。刃の長さは二十センチほどだ。右手に握った感触はしっかりと重さがあって、本物そっくりだ。今さらながら再現度の高さを感じる。

バンダナは特に模様のない、青い布だった。メニューから装備を選択すると、一瞬で頭に巻かれるので楽で良かった。

軽く身体を動かして、違和感がないことを確認する。

「よし、開始っと」

『チュートリアルを開始します。モンスターとの戦闘が発生します。勝敗に関係なく、戦闘後ゲーム開始となります』

始まりの合図と同時に、四方を囲む白い壁が俺から遠ざかっていく。いや、部屋自体が徐々に広がっているのだろう。音もなく滑らかな動きだ。ある程度の大きさまで広がると、ピタリと停止した。目測だけど、だいたい体育館ぐらいの広さだな。

少し離れたところの床に、黒い丸が現れた。マンホール程度の大きさまで広がった黒の円から、モンスターが現れる。

「グルルルル……」

現れたのは狼だった。それも半端な大きさじゃない。四足歩行の状態でも、俺の身長と同じくらいだ。もし立ち上がったら、三メートルに届くんじゃなかろうか。

唸《うな》り声を上げて俺を威嚇《いかく》してくるものの、その場から動く気配はない。睨んでくるだけだ。

そして狼の頭上には、緑色の横棒のようなものが浮かんでいた。おそらくＨＰ《ヒットポイント》を示すゲージだろう。

「おっと、せっかくだから……『鑑定』」

試しに【鑑定】のアーツを使ってみる。狼のゲージのさらに上に文章が浮いているように見える。

ウルフ
巨大化した狼の魔物。毛皮に覆われている為、打撃に強い。
斬撃《ざんげき》または火が弱点。

「これは丁度良かったな」

火魔法は使えないが、斬撃が効くなら好都合だ。ナイフの攻撃が効くはずだ。……もしかして、このチュートリアルも選んだスキルによって、出てくるモンスターが違うのか？

少し距離を取りつつ、ゆっくりと狼の周りを歩く。狼は棒立ちのままではなく、常に俺の方を向くように、その場で回転していた。

「一個ずつ試してみるか……」

攻撃を仕掛ける前に、もう少しスキルの確認をした方が良さそうだ。【鑑定】は使ったし、【解錠】は使っても意味ないし……やはり【加速】と【跳躍】に慣れておくか。

◆◆◆◆◆

「ふむ、だいたいわかってきたな」

二十分ほど練習に使ったが、スキルの仕様について色々とわかった。

まず、アーツ発動の際は必ず声に出す必要があること。これが第一の条件だ。まぁ思っただけで使えるなら便利だろうけど、そこまで万能ではないか。それだと複数のスキルを同時に思い浮かべた場合の処理とか、面倒なシステムになりそうだし。

次に、その各スキルに必要な体勢を取っていること。これが第二の条件だ。例えば床に座ったり寝転んだりしたまま【加速】を使ってみたが、何も起こらなかった。

結構動き回っていたが、体の方は全然疲れてない。ＶＲならではだが、なんとなく不思議な感覚だ。

「そろそろ実戦といくか」

改めてウルフの方へ向き直る。ちなみに俺が練習している間、狼はずっと臨戦体勢のままだった。特に変化はないはずだが、心なしか寂しそうにしている気がする。

「『加速』」

小走りになりながらアーツで加速していく。周りの景色が後ろに流れるように消える。感覚的には自転車を全力を漕《こ》いでいるくらいの速さか。そのままウルフに向かって突っ込む。

『スラッシュ』！」

　ぶつかる寸前で進行方向をわずかにずらして、ウルフの横を通り過ぎる。そしてすれ違いざま、横薙《な》ぎに斬りつけた。

「ウォォォォン……！」

　ウルフが声を上げた。声を背中に受けながら、急停止しようと足に力を込める。そのまま片足でくるりと回って振り向き、ナイフを構えた。

「ガルルルァァ!!」

「!?……『ハイジャンプ』！」

　しかし俺の見通しは甘かったようだ。振り向いた時には既に、ウルフは俺から一メートルほどの位置まで距離を詰めていた。

　とっさに【跳躍】スキルで跳び上がる。目測で三メートルほどまで体が浮かび上がった。ウルフは無言で俺を見上げていた。しかし次の瞬間、ウルフは俯いて体を丸め――――いや、違う。あれは、予備動作だ。

「――――まずい！」

　その体勢のまま一拍置くと、ウルフは爆発的な勢いで思いきり跳躍してきた。一直線にこちらに向かって跳んでくる。対して俺は既に勢いを失い、落下の真っ最中だ。ウルフは大きな口を開き、迫ってくる。

　まずいまずい、どうする……!?

空中では加速しても空振りだし、跳躍しようにも足場がない。防御したいところだが盾もない。というか武器はナイフ一本だけだ。回避は……厳しいだろうな。体をひねっても狙いがわずかにずれるくらいだし。

「待てよ……一つ思いついた」

あまりやりたくないが……、対処は他に思いつかない。俺は意を決して、左腕を前に突き出した。そのまま吸い込まれるようにウルフの口の中に突っ込む。そして思いっきりガブリと噛《か》まれた。

「ぐあぁ！　痛ってぇな、このヤロー‼」

つい叫んでしまったが、実際にはそこまで痛くない。叫んだのは単に気分の問題だ。流石にVRで、痛みを完璧に再現なんかしたら、とんでもないことになるからな。

俺は噛まれたまま、ウルフと一緒に落ちていく。腕に力を入れてみたが、びくともしない。チクチクとした痛みはずっと続いているから、おそらく継続ダメージが入っていると思う。

そして落ちながら、ウルフの眉間に思いっきりナイフをぶっ刺した。衝撃で口を開けたので、さっと左腕を抜いた。

ウルフは頭を振ってナイフを抜き取ろうとしていたが、しっかり根元まで刺したナイフは全く外れなかった。じわじわウルフのHPが減っていくのが見える。

俺はそのまま抱きつくような格好で落ちていき――――ウルフをクッションにして着地に成功した。そして背中から落ちたウルフはその衝撃で一気にHPがゼロとなり消滅した。

『チュートリアルを終了します。戦闘の報酬《ほうしゅう》が支払われます』

『【10万G《ゴールド》】【下級ポーション】10個を入手しました！』

下級ポーション
最大ＨＰの30％を回復させる。

「これは得したな……」

金の単位はGらしい。下級ポーションも一緒に手に入れたので、買わなくて済む。

負けた場合はどうなるか知らないが、少なくともこれは勝ったからこそ、手に入ったのだろう。

頑張った甲斐《かい》があったというものだ。

一応、現時点のステータスを確認する。

カラス　ＬＶ１

ジョブ：盗賊
スキル
【短剣】【加速】【跳躍】【鑑定】【解錠】
装備
頭部：初心者のバンダナ
右腕：初心者のナイフ
左腕：
胴体：
脚部：
装飾：

『お疲れ様でした。それではゲームを開始します。ようこそビリオンの世界へ』

白い光に包まれたと思ったら、周囲の景色が一変していた。さて、ここからがいよいよ本番だな。

◆◆◆

目の前に広がる、中世ヨーロッパのような石造りの街並み。まさに、ゲームの中に来たんだと実感させられる。どんなゲームでも、この始まりの瞬間はわくわくして仕方ない。

そんな街中の中央広場に俺は立っていた。周囲を知覚したところで、眼前にメニュー画面が開いた。そのまま、説明が流れる。

『ビリオンの世界へようこそ！　この世界には決められた物語は存在しません。何をするのも自由です！　自分だけの楽しみ方を見つけましょう！』

『初期スタート地点は【始まりの街シラハナ】です』

読み終えたところで画面を閉じる。

ここはシラハナというのか。俺は納得していた。なぜなら俺が立っていたのは大きな広場の中心、石でできた大きな花の像の隣だったからだ。

ベータテストのスタート地点は名前も【始まりの街】だけでもっと小さな街だったから、多少変更されているようだ。

辺りには大勢プレイヤー達がたむろしていた。服装はみんな同じ簡素なもので、違いといえば、杖を持っていたり、剣を背負っていたりするくらいだ。行動も、楽しそうに談笑する者、景色に感動している者、キョロキョロ辺りを見回す者と様々だ。

さて、俺もゲームを進めるとしようかな。

右も左もさっぱりわからないが、ひとまず広場の外に向かって歩き出した。

◆◆◆

「そう、森の周辺に薬草が生えてるのよ」

「へぇー」

「この街は昔から、魔法の研究が盛んでよ」

「ふむふむ」

「あっちの一番でっかい建物は、図書館なんだよ！」

「なるほど……」

俺はMMORPGで遊ぶ際に、一つ決めていることがある。それは必ず極端に偏《かたよ》ったステータスを組むことだ。徹底的に何かに特化させて遊ぶ。

もちろん全てを最高レベルまで上げられれば理想的だろうが、そんなことしてたら膨大な時間がかかる。だから何か一つだけ極めることで、他の人がやってないことを実現させる。自分だけの楽しみ方を見つけましょう、と言っていたがそういう意味では俺は既に見つけている。

そして今回やろうと考えているプレイスタイル…………それは情報屋スタイルだ。

主人公なんかに、重要な情報を売ったり買ったりするような怪しげで謎の多い存在。そんなクールでカッコいいポジションをぜひやってみたい……！

現代は、ゲームの攻略情報なんて見つかり次第、あっという間に掲示板に書き込まれ、拡散してしまう時代。だからこそ独占できるような重要情報をいち早くゲットして売買できる。俺はそう睨んでいる。

情報屋になる。その為に必要なのはまず…………情報を仕入れること、つまり聞き込みだ。そう思った俺は、さっきから街中を歩き回り見つけたNPCに片っ端から話しかけていた。

ちなみにNPCとプレイヤーの見分け方は、頭上に表示されている三角形のアイコンの色で判断できる。青色ならプレイヤー、緑色ならNPCだ。

「やっぱりRPGの基本は情報収集だよな。それにしても……」

NPC達と会話していて感じたのは、会話が非常にスムーズなことだ。ほとんどのNPCに学習機能のついたAIが搭載されているというのは、どうやら嘘じゃなさそうだ。会話だけならプレイヤーと区別がつかない。

メニュー画面をあれこれ探っていたら、メモ機能を見つけた。住民達から聞き込みして得た情報を片っ端から打ち込む。NPC……住民の外見から特徴、名前や年齢までわかったことはなんでも細かくだ。どんな情報がどこで役に立つかわからないからな。

その中で住民達の共通認識というか、みんなが知ってることをまとめてみた。

ここは地理的には大陸の南端、半島のような場所であること。この街の南側に【大森林】と呼ばれる巨大な半島が広がっていることなどだ。

ここまで情報を集めたところで、変化が起きた。マップの表示が変わったのだ。新たに大森林が追加されていた。大きさで言えば、シラハナの五倍はありそうだ。ここが最初の探索場所になるのか。

このゲームにはストーリーが存在しない。当然、メインクエストみたいな必ずやるべき行動もない。自由に遊べるのは素晴らしいが、最初は何をすればいいのかわからないとも言える。

「街の外の情報は、今はこんなもんか。あとは街中だが……」

街中の情報も一通り確認した。商店、宿屋、教会、図書館など、必要そうな建物の位置や目印なんかも、聞き込みで教えてもらった。ありがたいことに、建物の配置などの情報は手に入れた時点で自動的にマップに書き込まれるらしい。これで迷うことなく街中を歩ける。

「しかし、本当にすごいよな……。適当に振った雑談も通じるんだから……」

中央広場から出て、通り道にいる住民は逃さず話しかけてきた。その結果、気が付いたら街の一番端、外に出る大門までたどり着いていたのだが……。

「聞き込みはこのくらいにして、次は……外に出る為の準備だな」

むしろ最初に準備に行くんじゃないか、というツッコミは受け付けない。

◆◆◆

「おお……」

俺は聞き込みした情報を基に、薬屋までたどり着いていた。イメージでは裏路地の奥にひっそり建つ、小さくて怪しげな家で老人が一人でやっている感じだった。しかし、実際は大通りのかなり大きな建物で、多分コンビニよりもでかい。

中に入ってみると、いくつも並んだ棚に薬品やアイテムらしき物がずらりと置いてある。一番奥のカウンターに店員らしき人が座っていた。ドラッグストアを中世風のインテリアにしたらこんな感じじゃないか、と思わせる内装だった。

俺は一通りぐるっと店内を見回してから、店員さんに話しかけた。

「どうも、こんにちは」

「いらっしゃいませ！　何かお探しですか？」

店員さんは二十代くらいの若いお姉さんだった。長い茶髪を一本三つ編みにまとめ、穏やかな笑顔を浮かべている。

「えーっと、おすすめとかありますか？」

お姉さんは一瞬きょとんとして眼を瞬《しばた》いていたが、すぐに笑顔に戻って返事を返してきた。

「おすすめですか……お客さんは【来訪者《らいほうしゃ》】さんですか？」

「ん？」

新しい単語が出てきた。詳しく話を聞いてみると、来訪者とはプレイヤーのことを指しているらしい。どこからかやってきて、またどこかに去っていく優れた能力の持ち主だとか。

「そうですね……来訪者さん達はみんな、大森林の探索に行かれると思いますので、回復用のポーションを沢山持っておくのがおすすめですね」

「大森林は、やっぱり強いモンスターが多いんですか？」

まだチュートリアルで戦闘したきりだし、モンスターがどのくらいの強さなのか知りたいところだ。

「森に入ってすぐのところだったらあんまり強いモンスターはいないんですけど、奥に行くほどかなり強いモンスターがいるらしいですよ」

「そうですか……何か便利なアイテムとかないですかね？」

軽い気持ちで聞いてみた。相手は商売人だし、戦闘に関しては素人だろうし、「よくわからない」と返されても不思議はない。しかし予想に反して答えが返ってきた。

「それでしたら、これなんかいかがですか？」

◆◆◆

後ろの棚からカウンターの上に出されたのは、テニスボールくらいの玉だった。全体が真っ赤に塗られており、数字の「1」が黒で大きく書かれている。

「これは魔法玉というアイテムです」

「魔法玉……？」

「ええ、名前の通り魔法が封じ込められた球体なんです」

俺は指でつつきながら、色んな角度から魔法玉を眺めていた。

「使い方は簡単ですよ。何かに当たると割れて、当たったものに向かって魔法が放たれるんです」

「えっ!?」

説明を聞いて慌てて指を引っ込めた。暴発でもしたらやばい。

それを見てお姉さんはクスクスと上品に笑っていた。

「大丈夫ですよ。まず最初にギュッ、と握り締めないと待機状態になりませんから」

待機状態にして何かにぶつけて初めて発動するものらしい。逆に待機状態じゃなければ、思いっきりぶつけても何も起こらない。びっくりさせるな、全く。

「魔法が出るって、具体的には何が出るんです？」

「その赤い玉は【火魔法】の『ファイアボール』ですね。火の玉が飛んでいく感じです」

「へぇー……この数字は？」

「それは魔法の強さを表してるんです。数字は五段階に分かれていて、数字が大きい方が強い魔法を封じ込めてあるんですよ」

炎が出てくるなら店の中で試すのは無理だな。それにさっき、使うと割れると言っていた。一応確認しておくか。

「これは何回も使える物なんですか？」

「いいえ、一回使うと粉々に割れて消えてしまうので、使い捨てですね」

やっぱり使い捨てか。それにファイアボールは確か、火魔法の中でも一番初級の技だったはず。ベータテストの時に、何人か使ってるのを見たことがある。

試しに買って使ってみるかな……？

「ちなみにお値段は……？」

「このレベル1の魔法玉ですと、一個100Gですね」

「安っ！」

マジか。俺の手持ちが10万Gだから、百個買ってもまだまだ余裕だぞ。安いのはありがたいが、安物なんじゃないかとかえって不安になるな。

「なんでそんなに安いんです？」

「それはですね、このシラハナには、昔から駆け出しの冒険者さん達が集まりやすいんです。なので応援する意味で、他の都市に比べてどこも物価が安いんですよ」

「ああ、つまり魔法玉くらいなら大した値段にはならないと」

「そういうことですねー」

始まりの街だけあって、そこまで強力なアイテムは手に入らないのだろう。その分、比較的値段が安い訳だ。

「せっかくだからその魔法玉、いくつか買おうかな」

「ありがとうございます！　おいくつにしますか？」

「あ、百個で」

「百個ですね、わかりま……百個!?」

棚の方を向いたと思ったら、バッとこっちを振り返った。目を丸くして驚いている。本当に人間としか思えない反応だ。

「本当に百個も買われるんですか……？」

「もちろん百個です」

しつこく確認されたので、こっちも念を押してみた。しかし俺も無策で言ってる訳じゃない。

「その代わり……」

「その代わり？」

「若干お安くして頂けると助かります」

「え？　…………………フフッ、フフフ」

お姉さんはキョトンと真顔になった後、また笑い出した。そんなに面白かったかな。

お姉さんは、百個で1万Gになるところを9000Gで売ってくれた。話をよくよく聞いてみると、魔法玉は火魔法だけじゃなく、水、風、土、雷と何種類も魔法があるらしい。それぞれの属性の魔法が飛び出すんだとか。

一応魔法玉がどれくらいあるのか確認させてもらった。魔法玉は威力が一段階違えば、値段も倍になっていくという。どれくらい強いのか気になるところだ。

俺は各魔法のレベル1の魔法玉を二十個ずつ購入した。

「……はい。これでちょうど百個ですね」

「どうもありがとうございます。お手数かけました」

「いえいえ。これを機会にちょくちょく買いに来て下さいね」

最後まで、とても愛想のいいお姉さんだ。……ここまで来たらせっかくだからやってみるか。俺は興味本位で質問してみた。

「あの、最後に聞いていいですか」

「なんでしょう？」

「お姉さん、お名前は？」

「私はリアといいます。よろしくお願いしますね」

おお、やっぱりNPCにもそれぞれ名前がちゃんと設定されてるのか。思ったよりさらっと教えてもらえたな。

「おや？　………もしかして」

購入した品物を受け取りアイテムボックスに入れたところで、ポーンと通知音のような高い音が聞こえた。店内を見回すが他に客はいないし、変わったものもない。

ちなみにプレイヤーは全員、アイテムボックスという異空間にアイテムを収納することができる。収納したアイテムはいつでもどこでも自由に取り出し可能なので、荷物がかさばる心配はない。また、同一のアイテムであれば一種類につき、最大百個まで収納できる仕様になっている。

メニュー画面を開くと、通知が届いていた。

『スキル【割引】を入手しました！』

『スキル【話術】を入手しました！』

『雑貨屋【リア】との交流度が上がりました！』

おいおい、なんだか面白そうな感じの通知が来てるぞ。順に確認していこう。

【割引】
商品購入時に常に一割引で購入することができる。
＊パッシブスキルの為、アーツは存在しない。

【話術】
ＮＰＣとの会話で交流度が上がりやすくなる。
＊パッシブスキルの為、アーツは存在しない。

これはツイてるな。今後何を買っても割引してもらえるってことだから、資金面で非常に助かる。便利なスキルだ。

あとは……交流度？　説明にはなかったし、ベータテストでも聞き覚えがないな。

メニューからヘルプを参照する。項目を検索していくと交流度が新たに追加されていた。

交流度
ＮＰＣとの会話で上下する。交流度に応じて、そのプレイヤーへの返答内容が変化する。

　これはつまり、俗に言う好感度みたいなものだろうか。説明がかなりあっさりしていてわかりづらいが、仲良くなればレアな情報をくれたりするかもってこと……のはず。

「上下する」ってことは下がれば態度が冷たくなったりもあり得るんじゃないか。その場合、【割引】は適用されるのか？

　まだまだわからないことだらけだ。情報屋を目指しているからには、この辺の可能性はぜひとも裏を取りたいところだが……自分で実験するのはリスクが大き過ぎるな。

「まぁ今は検証は置いといて……【大森林】の探索の方を優先させるか」

　俺は街の外に出る為、ひとまず門へと向かった。

◆◆◆

街の南側に向かって、ひたすらまっすぐ歩くと巨大な門が見えてくる。そして門の横から延びる壁で、街全体は囲まれている。多分モンスターの侵入対策なんだろう。

門の外には見張りらしき兵士が立っていたが、横を通っても特に何も言われなかった。門自体も常に半開き程度で固定されてるし。推測だが、モンスターが街に向かってくるような緊急時に仕事するんだろう。

門を出るとすぐ真正面に【大森林】が待ち構えていた。一応辺りを見回すが、右も左も草原が広がっている。

周りには、同じようにキョロキョロしているプレイヤーが大勢いる。みんな似たような初心者っぽい装備だが、中にはしっかりした鎧《よろい》や武器を持ってる人もいる。どうやら武器屋でしっかり準備を整えてきたらしい。

「やっぱり武器買っとけば良かったかな」

まぁ一回目の探索だし、あまり長居するつもりはない。実際にどんなモンスターがいるか確かめてから、必要な武器を用意しても遅くはないと考えた。

「それじゃ行きますか……」

森の中は暗くて奥まで見通せない。多少不安になりつつも最初の一歩を踏み込んだ。

◆◆◆

中に入ってみると、思ったより動きやすかった。足元の茂みは多いものの、木が生えている間隔は結構空いているので、長剣なんかは問題なく振れるだろう。

「お？　……来るか」

ガサガサと近くの茂みが揺れた。と思ったら次の瞬間には目の前に白い塊が飛び出してきた。目の前にいたのは白い兎《うさぎ》だった。それもかなり大きめの。多分サッカーボールと同じくらいで、頭の中心に長い角が生えている。どうやらこちらに気付いたようだった。

「『鑑定』」

フォールラビット

高く跳び上がり、急降下してくる兎。

鑑定をかけてから、持っていた短剣を構え直す。その間にフォールラビットはプルプルと震えるような動きを見せていた。しかし次の瞬間、思いっきり高く跳び上がった。俺の身長を軽々超える

高さだ。最高点まで到達したところで、角を俺に向けて勢いのまま落ちてきた。

俺は体を横にずらしながら、腕を後ろに引く。そして振り抜きながらアーツを使った。動きが事前にわかっていれば、迎え撃つのは簡単だ。

「『スラッシュ』！」

目論見《もくろみ》通り、ナイフは向かってくるフォールラビットを一刀両断にした。なんというか、飛んできたボールをバットで打ち返すような感覚だった。

切り裂かれたフォールラビットは、軽い音と共に消滅する。頭の中にアナウンスが流れる。

『レベルが2に上がりました』

よしよし、順調だな。ステータス画面を開き確認する。またステータスが少し上げられるようになっていたので、速度に全振りしておいた。気のせいかもしれないが、体が軽くなったように感じる。

一息ついたところで、茂みから続々とウサギの群れが出てきたので、同じやり方で狩っていく。攻撃のやり方が、基本的に跳び上がって落ちてくるしかないので、非常に楽だな。

そうだ、ついでにあれを試してみるかな。

ナイフで確実に切り裂き、敢《あ》えて一体だけフォールラビットを残す。ひたすら回避しながら、ジャンプ時の高さをよーく観察する。そしてアイテムボックスから赤い魔法玉を一つ取り出した。

握り締めると薄ぼんやりと光り始めた。

「よく狙って………………今だ！」

跳び上がるタイミングに合わせて、予測した到達点に向かって投げつける。吸い込まれるように、腹部へと命中した。ポヨンと軽く弾んだが、瞬時に二つに割れた。中から火の玉が飛び出してフォールラビットへと向かって飛ぶのが見えた。そのまま空中でフォールラビットは消滅していった。

「あー、こんな感じなのか」

魔法玉の効果を実感したところで、先へ進む。

マップを見ながら、徐々に森の奥へ奥へまっすぐ進んでいく。現在地以外の詳しい情報は表示されないのだが、方角はわかるのでひとまず森の中心部へ向かってみようと思う。

その後、奥に進むにつれて多数のモンスターと遭遇していった。最初は兎ばかりだったが、突撃してくる野犬《チャージドッグ》、火を吐く狐《ファイアフォックス》、電気をまとう山猫《サンダーキャット》、巨大な毒蜂《ビッグホーネット》などなど多数のモンスターと戦闘していった。

犬や猫なんかはなんとか一撃で倒せたが、狐や蜂はそうもいかなかった。やはり、奥の方にいるモンスターは徐々に強くなるらしい。

ドロップアイテムもいくつか手に入った。兎を数匹倒すと【折れた角】【兎の肉】なんかがドロップした。肉は結構頻繁に落ちたのに対し、角は数本しか手に入らなかった。おそらくレア寄りのアイテムなのだろう。

そして中でも目を引いたのは、サンダーキャットを倒した時に落ちた【雷の魔法石】だな。

折れた角
フォールラビットの角。頑丈で滅多に折れない。

兎の肉
焼いて食べると美味《おい》しい。

雷の魔法石
雷の魔力を帯びた石。雷属性の魔物の体内で生成される。

卵くらいの大きさの、黄色くて真ん丸な石だ。こういうのは経験上、何かの素材になる可能性が高い。森から戻ったら検証が必要だな。

火以外にも、風、土、水、雷と各魔法の魔法玉も一通り試してみた。『ウインドボール』は緑色の旋風《つむじかぜ》がくるくる回ってるのが見えた。『アースボール』はなんというか泥団子をぶつけたような感じで両方ともいまいちな気がする。属性が苦手なモンスターには効くのかもしれないな。『ウォーターボール』と『サンダーボール』は体感だが結構効果が高かった。あと、見かけが派手で結構カッコいい。

メニューからスクリーンショットの撮影が可能らしいから、上手《うま》いこと撮影できれば、いい絵になりそうだ。

「感覚では結構進んだ気がしたが……」

マップを見るとそうでもない。街から森の中心までの距離だと、現在地はだいたい七割くらいの地点だな。本当はモンスターとほどほどに戦ったら、森を出るつもりだった。しかし、ついつい勢いに乗って、こんなところまで来ていた。

ここまで来たら、行けるところまで行きたい気持ちはあるな……。

学校から帰ってきてからずっとログインしてるので、二時間ほど探索してる計算になる。ここらで一旦ログアウトして、休憩にするべきか。まだまだ余裕だが、長時間VR機器を使用すると警告が発生することもあるからな。

そう思って周辺を見回す。モンスターが付近にいないことの確認だ。街中ならメニューを操作すれば、いつでも好きなタイミングでログアウトできる。

だが街の外でログアウトする場合、戦闘中ではないことが条件となる。具体的にはモンスターに認識されていないことだ。

　そう思って周りを見たが……ちょうど何もいなさそうだな。安心したその時だった。

◆◆◆

「なんだ、今の？」

　ズシンと重い音が響く。振動で地面がわずかに揺れたような感覚がした。

「方角的にはあっちだな……」

　森の奥からズシン、ズシンと断続的に響いている。一定のリズムからして、これは足音じゃないか？

　突然、茂みからビッグホーネットが飛び出してきた。こっちに一直線に飛んでくる。俺は慌ててナイフを向けて構えた。このまま突撃してくるつもりかもしれない。しかし、ビッグホーネットは俺を無視して通り過ぎると、そのまま何もせず後ろへと飛び去っていく。

　同様にファイアフォックスやサンダーキャットも茂みから現れて、俺の足元をすり抜けるように走っていった。どいつもやはり、どこかを目指しているというより、何かから逃げているような印象を受けた。

　戸惑っている間にも音はどんどん大きくなり、こっちへ近づいてきた。すぐ近くの木が何本もガサガサと激しく揺れている。

俺はとっさに木の後ろに隠れていた。できるだけ身を縮めて姿が見えないようにする。そのまま、そうっと頭だけ出して音の方向を窺《うかが》う。

木々をかき分けて向こうからやってきたのは、大きな熊だった。全身が真っ黒で、腹の真ん中に白い三日月模様がある。巨体を揺らしながら、二足歩行でゆっくりと歩いてくる。三メートルを超えるだろう巨体からは、本物の熊のような威圧感を感じる。……現実世界で本物の熊を見かけたことはないけどな。

さっきからずっとモンスターと戦い続けていたが、こんなモンスターは見たことない。試しに鑑定してみるか。

グランドベア

大??のボ??ン?ター。?度は??が、?撃?重??い。

??は?中の古?。

「なんだこれ……!?」

説明が穴だらけで、全然読めない。モンスターに鑑定を何回も使っているが、こんな現象は初めてだ。

グランドベアはゆっくりのそのそ歩きながら、辺りを見回していた。鼻を鳴らすような動作が目につくけど、匂いを感知してるのか？　身も蓋《ふた》もない言い方するなら、ＡＩがセンサー感知で周辺を調べているのを、匂いを嗅ぐ動作で表現してるって感じか。

かく言う俺は、じっと身を潜めていた。正直すぐ撤退したいところだが……難しい。なぜなら、グランドベアは俺のいる木のすぐ前に座り込んでしまったからだ。俺からだとグランドベアの脇辺りがちょうど見える位置だ。

さて、どうするべきか……考えられる選択肢はいくつかある。

一つは戦うこと。

だがこれは厳しい気がする。ただの勘だが、グランドベアなんて名前のモンスターが通常のモンスターとは思えない。説明文の見えない部分だが、ボスモンスターと当てはまるのかもしれない。

俺はさっきからモンスターを狩ってたものの、まだレベル3だ。モンスターにレベル表示はないが、換算すると俺の倍くらいある……と思う。いくら最初の街のそばとはいっても、ボスだったら相当強いだろう。

こういう場合、というかＲＰＧの基本は仲間と協力して強敵を撃破することだ。だが、今の俺は完璧にソロだ。ぼっちだ。助けを呼ぶようなフレンドもいない。充分な装備も道具もない。魔法玉だけは大量にあるが、これだけでボスに勝てるとは思えない。

ないない尽くしが過ぎる。戦う案は却下《きゃっか》だな。

もう一つは、逃げることだ。これならいける気がする。一切振り向かず、後ろを見ずに全力疾走。素早さに極振りしている俺ならなんとかなりそうだ。いや待てよ、熊って結構足が速かったよな……？

もし、追いかけてきた場合、いわゆるトレインというか迷惑行為になるのでは……？

それはまずい、非常にまずい。

俺が目指しているのは、ミステリアスでクールな謎の情報屋。こんなサービス開始したばかりの段階で、目立ってしまうのは最悪だ。万が一、他のプレイヤーに出会ったら、後で掲示板に書かれるかもしれない。

という訳で、撤退案にも不安が残る。

戦闘も撤退もリスクがでかい。もういっそ、わざと死んで戻った方がいいか……そう思った時だった。またしても、脳内に通知音が響いた。慌ててメニュー画面を確認する。

『スキル【潜伏】を入手しました！』

『スキル【消音】を入手しました！』


【潜伏】

五分間気配が消え、モンスターに見つからなくなる（プレイヤーには効果なし）。モンスターに触れると解除される。

【消音】
自身の行動による音が発生しなくなる（声は無効不可）。
＊パッシブスキルの為、アーツは存在しない。

なんだかスキル構成が、情報屋というより暗殺者に近くなってる気がする……。ま、まぁそれは後で考えるとして、これは今の状況にぴったりのスキルだ。追いつかれないように逃げるのではなく、見つからずに逃げられる可能性が出てきた。

グランドベアは変わらず座り込んでいる。じっと見ていても動く気配はない。耳をすませてみても、周囲からなんの音もしてこない。他のモンスターはグランドベアを恐れて寄ってこないし、他のプレイヤーもここまで来る気配はない。

というかむしろ、俺がレベル低いのに奥まで来過ぎたんだ。助けも望めないし、ここは一つ【潜伏】を試してみるか。

「『潜伏』」

一瞬、体がひんやり涼しくなった気がする。譬《たと》えるなら、暑い場所から冷房の効いた部屋に入った瞬間のような、爽やかな涼しさを感じた。

「あれ？　透けてる？」

見下ろすと俺の体は透けていた。といっても、透明というほどじゃなく、すりガラスのような、いつもより自分が薄く感じるような、まるで幽霊にでもなったようだ。

その状態のまま、思いきって勢いよくグランドベアの目の前に飛び出した。驚いたことに、着地時に全くなんの音もしなかった。茂みの葉っぱが揺れる音とか、地面と靴がこすれる音とか、そういう音が全くしない。これが【消音】の影響か。

【潜伏】と合わせると、本当に幽霊みたいな感覚だ。まぁプレイヤーには見えてるらしいし、物をすり抜けたりはできないらしいけどな。もしかしたら、本当にすり抜けるスキルもあるのかもしれないが。

ともかく、文字通り目と鼻の先にいるグランドベアは俺の存在に全く気が付いていないようだった。座り込んで、時折周りをキョロキョロ見回している。

試しに目の前で手を振ってみた。かすかに風が来るのに反応したようだが、それだけだ。見回すばかりで、特に行動を起こすことはなかった。

これで安全に逃げられる。効果時間も五分とあんまりないし、さっさと街まで撤退を………いや、待てよ？

「もしかして……このまま奥に進めるかも？」

◆◆◆

そーっと、そーっと、触れないように気を付けながらグランドベアの横を通り過ぎる。座り込んでいるものの、いつ起き上がって歩き出すかわからない。そして、どっちの方向に行くかもわからない。

いくら気付かれてないとはいえ、早めに離れるに越したことはないのだ。

なんとかグランドベアに触れずにある程度離れると、全力で走った。もちろん【加速】も併用して力いっぱい走った。途中モンスターか何かがいたような気もしたが、見てる余裕はなかった。というか、加速で木にぶつからないようにするのに必死だった。

しばらく走っていると、あのひんやりした感じが切れたのがわかった。どうやら潜伏状態が解除されたらしい。

立ち止まって辺りを確認する。モンスターは特に見当たらないようだ。木に寄りかかって一旦落ち着く。

しかし、危なかった……。あれは初心者装備で相手するような奴じゃないな。おそらく運営側の想定では、森のモンスターを倒して力をつけてからグランドベアに挑む、みたいな流れなんだろう。

「えーっと、マップで見ると……森の中心部まではあと少しみたいだな」

ここまで来たら、中心部を確認してから帰るのが当然だろう。何があるかはわからない。もしかしたらグランドベアを倒すのがこの森の目的であって、中心部には何もないかもしれない。

だが、それはそれで利用価値がある。

俺はあくまで情報屋。中心部に何かがあるのか、あるいは何もないのか。その情報だけでも、取引の材料にすることは充分可能だ。

大事なのは、俺が情報を知っていること、俺の手札を増やすことだ。正直、その為だけに探索してたようなものだからな。別に強くならなくても構わない。必要最低限、情報を集めに行けるだけの戦闘力があれば問題ない。

そして、その為にはやっぱりソロ活動が望ましい。さっきはつい、仲間がいないから厳しいとかぼやいてしまったが、基本は単独で行動すべきだ。できるだけ情報は独占しないと。一人でも掲示板に書き込めば、そこで「情報」は「常識」に変わってしまう。

「つまり情報屋に必要な要素とは、迅速《じんそく》！　独占！　交渉！　………この三つだな」

改めてプレイスタイルの確認をし、気合いを入れる。中心部に向かって意気揚々《ようよう》と歩き始めた。

◆◆◆

「うわぁ……すごいな」

森の中心部、多くの木を潜《くぐ》り抜けてきた先。もちろん道なんて存在せず、かき分けるようにして到着した。奥に近づくにつれて木がどんどん密集していくので、通るのが大変だった。モンスターに出会ったら非常に戦闘しにくいだろうな。だけど幸いなことに、一体もモンスターと遭遇することはなかった。

そこにあったのは巨大な湖だった。

池でもなく沼でもなく湖。反対側の岸辺までは、直線距離でだいたい百メートルくらいだろうか。現在の時刻設定が夜なので、薄暗くていまいちわからないが、水は透き通っているのだと思われる。

ちなみにゲーム内時間が夜であっても、真っ暗という訳ではない。流石に全く見えないとゲームにならないので、灯《あか》りのない場所でもうっすらと見えるように設定されている。

せっかくなのでスクリーンショットを撮影しておく。残念ながら暗くてわかりにくい。できれば昼の景色も撮っておきたいところだ。

「いやー、絶景だな。中心部にこんな巨大な湖があったとは……」

（ゴポゴポゴポゴポ………）

なんだ、今のは……？　間違いなく泡の音がした。

湖の方を凝視する。岸辺の近く、水面に泡が立っている。泡は徐々に大きくなっていく。少しずつ水面が盛り上がっていき、俺の背丈を超えるくらいの水柱が立ち上がり、はじけた。

「おいおい、なんだこいつは……？　グランドベアがこの森のボスじゃなかったのか？」

水柱が噴水のように飛び散り、霧に変わる。その中から現れたのは一頭の馬だった。いや、正確には馬のような生き物だ。全身が綺麗な青色で、しかも透き通っている。前半分は馬の体を持っているが、腹から後ろは魚のような体に尾びれがついた不思議な生き物だ。半馬半魚とでもいうのか。頭の上にゲージが浮かんで見えるから、モンスターなのは間違いなさそうだ。

「いや、なんかそんな話をどっかで聞いたような……」

神話か何かで、そんなモンスターの存在を聞いた気もする。そうだ、名前を見たら思い出すかもしれない。早速鑑定してみた。


??????

大森林の???。全??水で???おり、??攻撃を無効?す?。

遠??に?水??、近??には突?で??してくる。弱点は??。


鑑定してみたものの、情報どころか名前すらわからなかった。上級モンスターには鑑定が通じないのはグランドベアでわかっていたが、こいつはそれを更に遥かに超えるモンスターらしい。名前がないと不便なので、仮に「水馬《すいば》」と呼ぶことにする。

岸辺に上がってきた水馬は、そこで立ち止まった。後ろの半身が魚だから、実質前脚だけでバランスを取っている、器用な立ち姿だ。

しかし、そこからのアクションがなかった。立ち止まったまま、特に何をするでもなく、水色の瞳でじっと俺を見つめている。俺との距離は十メートルもない。攻撃しようと思えばできる距離だ。

どうする……？　何をするべきだ？

試しに一歩、前へ踏み出した。それに反応してか、水馬もこちらへ向かって一歩進む。更にもう一歩踏み出す。水馬は警戒するように頭を低くし、こちらを睨み付ける。

「……？」

どうやらむやみに攻撃してくるタイプ、いわゆるアクティブモンスターではないようだ。俺が湖に近づくのに反応している感じだ。湖の守り手のような存在らしい。逆に遠ざかると、何もせずにこちらを見ているだけだった。

このまま撤退すれば、おそらく襲ってくることはないだろう。……しかし、しかしだ。せっかくこんな、森の最奥《さいおう》みたいな場所に来ておいて、あっさり撤退というのもなんだか勿体《もったい》ない気がする。いまいち納得できない。

……いっそのこと、最初から死ぬつもりで戦ってみようか。

うん、それがいい。そうと決まれば手始めに、どんな攻撃が効くのか、攻撃パターンはどうなのか、あれこれ実験してみたらどうだろう。

◆◆◆

よし、検証を始めるか。俺は魔法玉をアイテムボックスから取り出し、地面に置いた。ひとまず属性ごとに全種類を並べて確認。その中から一つ持ってしっかり握り締めると、玉がぼんやり光り出した。これで安全機能が解除された。

右手を思いっきり振りかぶってぶん投げた。自分ではストレートの豪速球を投げたつもりだったが、魔法玉は山なりの軌道でポーン、と飛んでいった。やはり腕力が影響しているのか。こんなことなら、ステータスもう少し上げておくべきだったか。

水馬はゆっくり落ちてくる玉を眺めている。その場を微動だにしない。あと数センチで頭に直撃かと思ったその時。魔法玉は水に呑《の》み込まれた。

いや、正確には違う。一瞬だったのでよく見えなかった。だが、水馬の背後から水が飛んできて、そのまま魔法玉をはたき落としていた。一応何かに当たったから、本来は魔法玉が発動するはず。だけど、今投げたのは火の魔法玉だったので、発火しても一瞬で鎮火されてしまった。

「偶然波が起きた……訳ないよな。水馬の能力なのか……それとも他にモンスターがいるのか……」

何事もなかったように、水馬は俺の真正面に堂々と立っている。この位置からだと背後が見えないな。せめて横から見ないと………。

「せー、のっ！」

もう一度魔法玉を投げる。ただし今度はさっきと違う。今度は両手に水と土の魔法玉を持って、連続して投げた。またしても山なりの軌道で飛んでいく。そして俺はすぐに左へ走った。

「『加速』！」

加速も使って一気に移動する。但し水馬に近づく為じゃない。あくまで距離を保ったまま、横に回り込む為だ。真横から全身が見える位置に立ち、水馬をしっかり観察する。

俺が見た時にはもう、先ほどと同じように水がかかって魔法玉が叩き落とされる瞬間だった。だが、今度ははっきり見えた。

攻撃の正体は水馬の後ろ半身、魚の体になっている尾びれだ。尾びれを湖面に浸《つ》けた状態から素早く動かして、水飛沫《しぶき》を飛ばしていた。

そしてもう一つわかった。水馬は連続で尾びれを振らないってことだ。なぜなら、先に投げた水の魔法玉は落とされたが、続けて投げた土の魔法玉はそのまま直撃したからだ。かすかだがダメージを受けて、ＨＰゲージが減少していた。

俺はすぐさまナイフを構える。わずかでもダメージを与えたんだし反撃に備えないと。

しかし、予想外なことが起こった。水馬は湖へと軽く飛び込んだ。水柱が上がり、すぐに見えなくなる。数秒待ったが出てこない。

「逃げたのか？」

俺はゆっくり湖に近づく。水中を覗いてみるが、何も見えない。すると、岸辺近くの水中に影が見えた。影は一瞬で大きくなり、こちらへ近づいてくる。

影はすごい勢いで水中から飛び出した。

「うおおおぉぉぉぉ!?」

ザバァ、と水を吹き飛ばし、水馬は俺に向かって突進してきた。頭を少し低くして、頭突きするかのような姿勢だ。

反射的にナイフを前に突き出す。しかし、水馬は構わずに突進してくる。そのままナイフの先端が水馬に当たる。抵抗はなくすんなりと刺さった。だが、水馬は全く怯《ひる》まなかった。

「あっ、ちょっ、待て!?」

突進の勢いは弱まらない。左手で右手首を握ってナイフを押さえる。腰を落として姿勢を低くするが、ほとんど踏ん張れない。勢いに負けて、ズリズリと押されている。まぁ、仕方ないと言えば仕方ない。実際、俺は腕力にステータスを振ってないから、力に関しては微々たるものだし。

「これ無理だな……『ハイジャンプ』！」

こういうのは粘っても、無理なものは無理だ。さっさと逃げて、他のアプローチを考えた方がいい。

上空から水馬を見下ろす。押さえていた俺がいなくなったから、勢いのまま転びそうになっていたが、前足二本で器用にブレーキをかけていた。

一つ一つの動作がなめらかというか、本物の動物っぽい感じが、現実かと錯覚させられる。まぁ、現実には半馬半魚なんていないけどな。

岸辺に着地する。振り向くと水馬は戦闘態勢でこちらに向かって構えている。対する俺は一歩でも下がれば湖に落ちるという、まさしく背水の陣だ。

さっきナイフが頭に刺さったはずだが、水馬には傷も何もなかった。ＨＰも全く減っていない。やはりあの水のような体は、物理攻撃が効かないと見ていいだろう。

「やっぱり魔法攻撃じゃないとダメかな……」

俺は魔法使いじゃないし、使える手段は魔法玉しかないな。さっきから火、水、土と試してきたが、これはおそらく効かないだろう順だ。

湖にいるし、体が水で出来てそうだし、どう見ても水属性と思う。だから本命の魔法玉を取っておいた。そう、雷の魔法玉を。

水馬は前足で地面を掻いている。まるで牛のように今から突っ込むと言わんばかりだ。一方、俺は雷の魔法玉を握り締め、足を上げてピッチャーのように振りかぶった。

一瞬の緊張。俺と奴が動いたのはほぼ同時だった。走り出すと同時に、俺は力いっぱいぶん投げた。まぁ、やっぱり俺の投げた玉は山なりだったが、それでもなんとかまっすぐ当たる軌道で飛んでいった。

魔法玉は水馬の頭に当たったところで軽く跳ね、バチバチと電撃が放出される。電撃はみるみるうちに水馬の全身へとまとわりついた。水馬は体を強ばらせて一瞬跳ねたところで、若干後退《あとずさ》りした。

「おおお……!?　これは……」

今までの攻撃に比べれば、効果がはっきり見える。見た目通り雷属性が弱点なのは間違いない。だが誤算だったのはあまりにもダメージが少ないことだ。弱点属性の攻撃を喰らったはずなのに、

ＨＰがほんのわずかしか減っていない。

単純に防御力が高いのか、それとも魔法玉が大した威力じゃないのか。……おそらく両方だろう。いや正確には俺自身が弱過ぎるんだ。

実際、たったレベル3でここまで到達してしまったが、運営側もこんな低レベルでたどり着けるとは思ってなかっただろう。しかもソロで。

だから勝てないのは、ある意味当たり前だ。しかし……しかし、だ。もし仮に倒す手段を見つけられたら？　誰よりも早く発見し、その情報を商売に使えたら、俺は凄腕《すごうで》の情報屋として認識されるのではなかろうか。

他のプレイヤー達はまず、グランドベアを発見するだろう。そして倒す為にレベルを上げて装備を用意する。つまり、この水馬が見つかるまでの時間的猶予《ゆうよ》がしばらくあるはずだ。その間になんとか準備を整えれば不可能じゃない……多分。

そうと決まれば、早速準備を進めなければ。とりあえず、ナイフが効かないのはわかったし、手持ちの魔法玉だけでは不安だ。検証を続けるのは厳しいので、ここは一度撤退だな。

再び突撃の準備を始めた水馬を無視して、やってきた方向へと走り出す。そのまま森の中を駆け抜ける。そして森を出たところで一旦ログアウトした。帰ってきてずっとプレイしているからな。そろそろよーちゃんが様子見に来るかもしれない。

ちなみにグランドベアは同じ場所にまだいたので、もう一回潜伏して通り過ぎた。

第二章　プレイスタイル

ログアウトして軽く体をほぐす。背伸びしてから時計を見ると既に二時間ほど経っていた。リビングに下りるとちょうど夕食の用意が終わるところだ。

「ひーちゃん、ご飯できたよ～」

エプロン姿で食事の支度をしていた我が姉は、笑顔で迎えてくれた。

うちは本来、四人家族だ。しかし現在は、父さんの転勤先に母さんも付き添っている為、実質よーちゃんとの二人暮らしになる。

だからといって、別に不都合はない。ずっといない訳ではなく、父さんも母さんも時々様子を見に帰ってくるし、連絡も取り合っている。何より、ゲームに集中してても怒られることがないのが素晴らしい。

「ひーちゃん、ゲームどう？　面白い？」

二人で和やかに食事を摂《と》っていると、よーちゃんに質問された。珍しいな。普段はあんまりゲームに興味なさそうなのに……。

「ああ、まだほんの序盤だけど、かなり面白そうっていうか、やりがいはありそうだな。どうかしたの？」

「ううん。別に～？」

「……？」

俺の言葉に満足したのか、にこにこと笑っていた。違和感はあったものの、特に気にするほどでもないだろう。

◆◆◆

さて、後片付けその他もろもろを終わらせて、再度ログイン。このまま深夜までがっつりプレイの予定だ。

無事にシラハナまで戻ったものの、やることがいっぱいある、というかありまくりだ。とりあえず、状況を整理してやるべきことを書き出してみよう。

・装備品の買い換え
・魔法玉の補充
・情報操作

まず装備品の買い換えだな。本来は装備を整えてから、戦闘に行くのがゲームの基本中の基本だ。急ぐあまりその辺をおろそかにして、森へと踏み込んだ訳だが……予想外の大物に出会ってしまった。という訳で、そこそこいい装備を買いに行くとしよう。

二つ目は魔法玉の補充だ。あの水馬には見た目通りというか、雷属性の攻撃が効いていた。だから今度は、雷の魔法玉だけを徹底して買えるだけ買い占めて挑もうと思う。

……正直、めちゃくちゃ金がかかりそうだ。弱点とはいえ、魔法玉一発で大したダメージは入ってなかったし、何十発当てれば勝てるのか予測がつかない。莫大な資金が必要になってくるな、これは。

嘆いてても仕方ない。幸いなことにモンスターから素材は大量にドロップしている。これを売り払えば少しは資金の足しになるだろう。

三つ目は情報操作だ。これが一番重要で難しい。おそらく、他のプレイヤー達はグランドベアが森のボスだと思ってるはず。しかし、実際には水馬が更に奥に存在している。

現状、水馬のところまでたどり着いたのは俺だけだろう。だが、時間が経てば経つほど、知られてしまう可能性は高くなる。誰かが見つけてしまえば、あっさり掲示板でばらされてしまうかもしれない。この情報をどう扱うか……難しいが見極めが大事となってくる。

先ほどログイン前に、ネットで掲示板をざっと探ってみたが、水馬に関する情報はまだ何もなさそうだった。というか、書き込み自体がまだほとんどなかった。皆プレイする方に夢中なんだろう。

ということは、まだまだ余裕はあるはず。ひとまず、やれることからやっていこう。手始めに武器の新調からだ。

◆◆◆

ログイン後、まっすぐ武器屋へとやってきた。前回聞き込みで得た情報の中には、武器屋に関する情報も当然あった。なんでも武器の販売は細かく専門店が分かれているらしい。

まぁ当たり前といえば当たり前か。杖を作るのと剣を作るのでは全く工程が違うし、同一の店で作ってる方が珍しいだろう。

という訳で、短剣を手に入れるべくやってきたのが、この店だ。看板には大きく『ワイルド武具店』と店名が書かれている。なかなか大きな造りの店だ。

一応聞き込みでは、剣のことならこの街一番の店だという話だった。しかし、剣に関して他の店の情報がなかったので、街に一軒しかない可能性もあるが……。

とにかく入ってみるか。意を決して入った店内はまさしく武器屋といった感じだった。壁一面にずらりと武器が固定され、あちこち置かれた樽《たる》には無数の剣が差してある。

他にも二、三人プレイヤーが剣を眺めていた。見たところ質素な装備なので、最初に武器を買いに来たんだろう。

「いらっしゃいませー」

「ん？」

意外にも、店番しているのは若い女性だった。愛想良く店内を見回している。ワイルドという店名が全く似合わないな。

俺は早速近づき、話しかける。もちろん武器は買うが、その前に素材を買い取ってくれるかどうかの確認だ。

「すみません、買い取りをお願いしたいんですが……」

「かしこまりました。素材を見せて頂けますか？」

カウンターの上に角や爪など、いくつか買い取ってくれそうな素材を置く。流石に武器屋で肉とか草は必要なさそうなので、それはしまったままだ。

「うーん、そうですね……このくらいの素材でしたら……まとめて1万Gですね」

「おお……」

予想していたよりも高値で売れそうだ。これなら装備もいくつか揃えられるかも……。そうだ、もう一つ売れそうな物を忘れていた。

「あと、これって買い取りできますか？」

「こ、こ、これは……」

お姉さんは目を見開き、口に手を当てて震えている。なんだ？　何かおかしなこと言ったか？

「あの、何か……」

おそるおそる声をかけると、ハッとしたようにこちらを向いた。本当に感情表現豊かなシステムだな。

「し、失礼しました。驚いてしまって」

「これがですか？」

俺が見せたのは雷の魔法石だった。散々モンスターを倒したものの、たった一個しかドロップしなかったあれだ。名前からして、サンダーキャットからドロップするのは間違いないと俺は判断した。だが何匹も何匹も倒して、結局手に入ったのはたった一個だった。

　俺の運が相当悪いのかそれとも貴重な品なのか疑問だったが、お姉さんのリアクションから考えて、どうやら後者らしい。

「これってそんなに珍しいんですか？」

「ええ、それはもう！　サンダーキャットの体内で生成される物なんですけど、滅多に見つからないんです！　今のところ、年老いた個体が持っている可能性が高いと言われているんですけど、必ずしもそうじゃなくてその謎は未だに解明されていなくて……！」

「わ、わかりました。ちょ、ちょっと落ち着いて！」

　興奮して早口でまくし立てるお姉さん。グイグイ顔を近づけてくるので、慌てて押し戻す。再び我に返ったようだが、若干頬を赤らめていた。

「す、すみません……つい」

「いえ、価値の高い物というのはわかりましたから」

　どうやら俺の予想以上にレアなアイテムだったらしい。情報屋の勘が告げている。これは一儲《もう》けできそうな予感がする。おっと、今はそれより資金集めだ。改めて値段を確認する。

「それで、いくらくらいで買い取って頂けますか？」

「…………」

　しかし、お姉さんは黙って考え込んでしまった。しばらく動きが止まっている。俺はその間に周りを見回す。結構長いことやり取りしているので他のお客に迷惑かと思ったが、特にそんなことはなさそうだった。

剣を見比べて悩む奴、一番上の棚に向かって背伸びする奴、アイテムボックスを確認する奴と様々だ。まだ購入する気はないらしい。

お姉さんの方に向き直った瞬間、ポーンと通知音が鳴った。

「ん？」

『【アイロ】との交流度が上昇しました』

このタイミングで交流度が上がった？　……ってことは、何か会話内容に変化が生じる？　……今関係ないがお姉さんの名前、アイロっていうのか。店名のワイルドとはいったい……。

「あの、提案があるんですが」

「ん？」

「もしよろしければ、この魔法石を武器に使わせて頂けませんか？」

「んんん？」

詳しく話を聞くと、こうだった。

魔法石とはそもそも、魔法の属性が込められた石のことである。それらは専門家の手で加工し、道具に組み込むことでその属性の効果を発揮する。例えば水の魔法石を組み込んで、水流が出る槍とか。

つまり、アイロさんはこの魔法石を使って属性武器を作らせてもらいたい、ということらしい。

「お願いします！　久しぶりの魔法石で、ぜひ仕事がしたいんです！」

「それはわかりましたが、譲るという訳には……」

そこは譲れない。俺はまだ自称だが情報屋だ。情報を売買するという意味では、商人ともいえる。いくらなんでも、一方的に損する取引をする訳にはいかない。目先の利益だけ求めてはいけない、とも言うが今はまず、装備を揃える為のお金が最優先だ。

「いえ、譲って頂くのではなく、お預かりして加工したいんです」

「それはどう違うんです……？」

「そして加工した武器を、通常の値段であなたにお売りするんです」

「え、それってどういう…………いや待てよ」

そうか、そういうことか！　属性武器は特殊な加工がされている分、普通の武器より値段が高くなる。それは魔法石が希少で、仕入値もかかってしまうという理由もある。

しかし今回は、俺が持ち込んだことで仕入値はゼロだ。それで取引を行えば、実質アイロさんは武器が一本売れて得、俺は普通の値段で属性武器が手に入って得、と両方とも得することになる。

単純に魔法石を買い取るだけでも別に損はないのだが、俺がその金をどう使うかはわからない。アイロさんからすれば、買い取って属性武器を作っても、それが売れる保証はない。

だから、確実に武器が売れるだろうこの取引を持ちかけてきた訳だ。なかなかに商売上手だと思うが……一つ穴があるな。

「でも、それだと手数料が考慮されてないのでは？　普通の武器より作るのは大変でしょう」

「確かにその通りですね……。でもここでサービスしておけば、また魔法石をうちに持ち込んで頂けるかもしれません。ですからこれは、先を見据《みす》えたサービスです」

そう言ってアイロさんはにこりと微笑《ほほえ》んだ。なるほど、先行投資ってことか。しかし、俺にとってかなり有利な展開に話が進んでいるが……これが交流度の効果なのか。だとしたら【話術】スキル様々だな。

まぁここまで言われたら、俺としても反対する理由はない。

「……わかりました！　このお話、ぜひお受けします！」

「ありがとうございます！」

打ち合わせの結果、ナイフを作ってもらうことになった。【短剣】スキルを活かせるから当然の選択だ。

完成には一日かかるとのことなので、また出直すことにした。ゲーム内の時間は現実世界の三倍の速さで動いているので、現実世界だと今日の深夜には一日経過する計算になる。

いやーお得な買い物ができて幸先がいい。しかも【割引】スキルも持ってるから更に安く買える。

「……ちなみになんで『ワイルド武具店』って名前なんですか？」

「ワイルドは私のおじいちゃんの名前です」

「謎がとけた」

この日はこれでログアウトした。

◆◆◆

武器はいいとして、他の装備も揃える必要がある。という訳で、今日はログインしてすぐ、装飾屋と靴屋に寄って買い物してきた。

といっても、必要な物を最低限買っただけだ。特に面白いことは何もなかったので、その様子は省略する。具体的に何を買ったかというと、この三つだ。

バウンドブーツ
弾力性のある革でできたブーツ。跳躍時、通常よりわずかに高く跳べる。
・速度上昇

宵闇《よいやみ》の帽子
黒く染められた帽子。目立たないシンプルなデザイン。
・器用上昇

・速度上昇

疾風《しっぷう》の魔力が込められたマフラー。
疾風のマフラー

宵闇の帽子はつばが長くて黒い帽子だ。これは単純に正体をわかりにくくする為だ。効果も気休め程度のものだが、そこは仕方ない。雰囲気づくりというか、怪しい感じの方が情報屋っぽくていいからだ。いかにも怪しい感じの方が客もむしろ信用してくれるだろう。

バウンドブーツと疾風のマフラーは名前が気に入ったのもあるが、速度上昇が大きい。徹底的にスピードを上げるスタイルでいくつもりの俺にはかなり嬉しい。欲を言えば、速度が上がる帽子もあれば良かったのだがこれは仕方ない。

さて、最後は防具だ。具体的には胴体を保護するタイプの物。戦士なら革の胸当てとか、あるいは全身鎧なのもいいかもしれない。

しかし、俺は情報屋だ。ミステリアスな服装とかで雰囲気をつくっておく義務がある。これはプライドの問題なんだ。

という訳でやってきました、防具屋。店内に入るとワイルド武具店と似たような内装だった。もちろん並んでる品物は鎧やコートで全然違うものだが。

　カウンターに座ってる人もがっしりした体格でもさもさしたひげのおじさんだった。装飾屋も靴屋も若いお姉さんがカウンターに立ってたので、まさかこの街の商店は全部女性が店番やってるのか、とか入る前に思ったがどうやら杞憂《きゆう》だったようだ。

　早速棚を端から順に見て回る。親切なことに、品物ごとにきちんと名称や効果の説明書が付けられているので、安心して買い物が可能だ。みんながみんな、鑑定のスキルを取得するとは限らないし、その辺の配慮だろうな。

「お、おお……これは！」

ミッドナイトコート
夜の時間帯におけるモンスターとの遭遇率を減少させる。
・速度上昇
・防御上昇

しばらく見ていると、まさにぴったりの一品を見つけた。口元から膝まですっぽり覆うロングコート。つやが全くなく、光を反射しない黒一色のシンプルなデザイン。これはいい。ぜひ使いたい。正体を隠せるのもいいし、速度上昇も入ってて完璧だ。ちょっと値が張るけど、それに目をつぶってもいいくらいの素晴らしさだ。モンスターと出会いにくいというのも使い方次第だろうな。

早速購入すると、防具屋を後にする。防具屋を出て、ミッドナイトコートを装備しようとメニューを開く。そこで思い出した。そういえばすっかり忘れていたが、武器を作ってもらうようにお願いしていたんだった。

ゲーム内時間での一日で出来上がると言われていたが、既に六日は経っている。早いとこ受け取りに行かねば。

「こんにちはー」

なので早速、ワイルド武具店を訪ねた。ドアを開けるとカランカランと高い音が鳴り響く。

「いらっしゃいませ！　お待ちしてました！」

まっすぐカウンターに向かい声をかけると、アイロさんが笑顔で返事をしてくれた。

「なかなか来られないので、心配してたんですよ……」

「すみません……」

「それで用意した武器なんですが……こちらです！」

カウンターの下から包みが取り出される。包みを広げてカウンターに載せられたのは、一振りのナイフだった。刃渡りが三十センチほどでやや長めだ。柄は真っ黒だが、刀身そのものが黄色で薄く光っており、蛍光色のようだった。

「おお……これは、すごいな」

「名付けて【ライトニングダガー】です！　頂いた雷の魔法石がかなり品質の良い物だったので、いい物ができたと思います」

持ち上げて窓からの光にかざす。すりガラスのように刃がうっすらと透けており、切れ味の良さを予感させる。これは性能が期待できそうだ。『鑑定』をかけてみる。

ライトニングダガー
雷の魔法石を素材に混ぜ込んだダガー。かすかに帯電している。
・魔法ダメージ追加
・低確率で状態異常：マヒが発生

いい意味で期待を裏切る一品だった。追加効果が付いてるのは序盤の武器としては破格の性能だろう。

「素晴らしい物ですね……おいくらですか？」

「1万Gのところを、ちょっとおまけして9000Gにしておきますね」

おまけ……あっ、【割引】のおかげか。腰のホルスターにナイフを差し込み、感触を確かめる。

これなら素早く抜けそうだ。早く威力を試したい。

「ありがとうございます。大事に使いますね」

「はいっ。また魔法石が手に入りましたら、教えて下さいね」

アイロさんは両の拳を握って気合い十分という感じだった。また何か見つけたら頼むとしよう。

◆◆◆

これで一通り装備品は揃えた。いや、正確には左手の装備が空いている。弓兵だったら矢筒《やづつ》を装備するし、戦士だったら盾を装備するところだろう。ただ、個人的には左手は空けておいた方がいい気がしていた。俺は速度に特化したタイプだし、速度が落ちるから重たい盾は必要ない。いざという時アイテムを素早く取り出すには空けておいた方がいいと思う。

そうと決まれば、あとは消耗品《しょうもう》を補充するだけだな。俺は道具屋に向かってのんびり歩いていた。

別に意味もなくのんびりしている訳じゃない。これもちゃんと理由がある。なぜならここは街中、プレイヤーやNPCが大勢通り過ぎる場所だ。あちこちで会話が繰り広げられている。

俺は生まれつき耳が良く、音を聞き分けるのが得意だ。特技の「聞き分け」を活かして、会話をこっそり聞いているのだ。盗み聞きというと人聞きが悪いが、これも大事な情報収集の一環だ。

「あの熊、強過ぎだろ……」

「街道の封鎖って終わらないのか？」

「なんか魔法石ってやつドロップしたんだけど」

ガヤガヤと様々な情報が断片的に耳に入ってくる。ふむ、どうやら熊、グランドベアがプレイヤーに遭遇したらしいな。しかし、あの様子からすると、まだ倒されてはいないようだ。

街の様子についても聞こえてくる。地理の説明をすると、このシラハナの南側にあるのが正門、そこから出るとすぐ目の前に大森林が広がっている。一方反対側の北側には何があるのかというと、これもまた門がある。そして門を開けた先には街道があるのだが、これが封鎖中となっており、通ることができないのだ。門のそばにいる衛兵に聞いてみても、事情は説明できないの一点張りだった。

現状、探索できる範囲は大森林しかない為、掲示板上の噂では、次のエリアに進む為のヒントはボスモンスターが持ってるんだろう、と推測されている。

「おそらくみんな、グランドベアの攻略に夢中だろうし……その隙になんとかしたいところだな……ん？」

すれ違う人達をキョロキョロ見回しながら歩いていた、その時だった。ふと、建物の間にある細い道が目に入った。

そういえば大通りは一通り歩き回ったけど、細い道は後回しにしたままだったな……。何があるかわからないし、一応見て回るか？

◆◆◆

「まさか本当に何かあるとは……」

正直、期待はしてなかった。裏路地に入ると長い一本道が続いており、人影も全く見えなかったからだ。しかも一本道の割にはまっすぐではなく曲がりくねっており、走ることもできず若干イライラさせられていた。途中で戻ろうかと思ったほどだ。しかし、ある角を曲がったところで、驚きに足を止めた。すぐ先に人が座り込んでいたからだ。

その人物は頭から足まで、ミイラのように全身が包帯でぐるぐる巻きになっており、目元しか見えなかった。石畳にシートを広げてその上に座っている。そして、足元にいくつか道具を並べて、じっとしていた。まさしく絵に描いたような「怪しい露店商」だった。

「こんにちは……？」

露店商の正面まで行き声をかけると、ゆっくりと顔を上げた。しかし、路地が薄暗いのもあって、目もよく見えなかった。

「いらっしゃイ……ゆっくり見ていっておくレ……」

……何やら発音のおかしい甲高い声で返事されて、一瞬びくっとした。正直怖いが、それよりも好奇心が勝る。何より情報屋の勘が囁《ささや》いている。これはぜひ見ておくべきだと。

「どれどれ……」

並べられている道具は、剣、杖、盾、籠手《こて》と武器系がほとんどだった。どれも紫色で禍々《まがまが》しいデザインで、そしてどれもやたらに安い。武器屋で売ってるのの半額以下だ。注意書きがあったので、手に取り読んでみた。

カースドブレード
強大な力を秘めた剣。装備すれば圧倒的な攻撃力を得られる。

ものすごく胡散臭い。本当にいい物だとして、なぜこんな路地でこんな値段で売ってるのか。怪しかったので、そのまま鑑定をかけてみる。

カースドブレード

強大な力を秘めた剣。装備すれば圧倒的な威力を得られる。
・腕力二倍
・耐久を最低値で固定

……これだよ。攻撃力が圧倒的ってのは嘘じゃない。だが耐久が最低値で固定って、防御力がほとんどゼロに等しいじゃないか。こんな物装備して敵に突っ込むとか自殺行為だ。

◆◆◆

まさしく呪いの武器と言えるような代物ばかりだった。そういえば、弓が見当たらない。

「弓は置いてないのか?」

一応敬語を使おうかと思っていたが、やっぱりやめた。怪し過ぎてそんな気になれない。

「弓は売れてしまいましタ……」

「入荷の予定は?」

「今のところ未定でス……」

ふーむ。どうやら置いてないようだ。考えられるケースは二つ。武器は全て一点物でもう手に入らないケースと、全部売れてしまったら新しく入荷するケースだ。おっと、条件を満たすと入荷するケースも考えられるな。

もし手に入らないとなると、ある意味レア物となる。どれも値段安いし、せっかくだから買っておこうかな？　レアとか聞くと、一見おかしな物でもついつい心が引かれてしまう。それに、場合によっては、誰かに売り付けたりできるかもしれない。使わなくてがらくたになってしまう可能性も高いけど。

「よし、全部売ってくれ」

「ヒヒ……毎度あり……」

こうして呪いの武器を一通り買い占めた。これはこれでいい買い物したな。目的は達成したし、さっさと戻るとしようか。

「…………あれ？」

来た道を引き返す。その途中でふと気になって振り返った。すると、怪しい露店商はそこにはもういなかった。綺麗さっぱり消えて影も形もなくなっていた。

「しまった……撮影でもしておけば良かったな……」

◆◆◆

賑《にぎ》わう大通りに戻ってきた。あちらこちらでプレイヤー、またはＮＰＣ達が話をしていて楽しそうだ。たった今路地から出てきた俺のことなど、誰も見向きもしない。
さっき買い占めた武器を一通り確認する。とりあえずまとめて買ったので、カースドブレード以外は鑑定していなかった。

カースドシールド
強大な力を秘めた盾。装備すれば圧倒的な防御を得られる。
・耐久二倍
・腕力を最低値で固定

カースドロッド
強大な力を秘めた杖。装備すれば圧倒的な魔力を得られる。
・知力二倍
・耐久を最低値で固定

―――――

カースドランス
強大な力を秘めた槍。装備すれば圧倒的な威力を得られる。
・腕力二倍
・速度を最低値で固定

―――――

どれも似たような構成だな。メリットはあるけれど、それを上回るデメリットがある、と。今の俺には使い道はあんまりなさそうだが……。
「おっ!?　これは……！」

―――――

カースドブーツ
強大な力を秘めた靴。装備すれば最上級の速度を得られる。
・速度三倍

・耐久を最低値で固定

　これは判断に迷うな……。耐久を最低値で固定ってことは、一撃喰らえば致命傷になりかねない。ひたすら避けなくてはいけないから、常にギリギリの戦いを強《し》いられることになる。バウンドブーツも買ったばかりだし、無理に使う必要はないんだが……。

　だがそこでふと思う。俺の信条は極振りによる特化プレイだったはず。どうせやるんだったら、徹底した方がいいんじゃなかろうか。あれこれやって器用貧乏になるより、何か一つ極めた方がカッコいいと思うし。

「よし……腹は決まった」

　早速、メニューから装備変更の設定を行う。瞬時に足元が毒々しい紫色の靴に切り替わる。その場で跳ねてみたが、体が軽くなったように感じる。これなら間違いなく、更に速く走れる。ライトニングダガーも含めて試運転といってみようか。

◆◆◆

　門を抜けて大森林の入口前までやってきた。森の中では走るのは難しいだろうし、森に入る前にスピードを確かめておくか。

森の方ではなく、その横へと体を向ける。そして軽く腰を落として構える。森の外周部に沿って少し走ってみるとしよう。

「行くぞ……！」

そのまま小走りで走り出した。これは思った以上に速い……！　大して足に力を入れてないのに、どんどん進む。体感だと全力の一歩手前くらいの速さで、周りの景色が流れていく。

「『加速』……おおおおぉぉぉぉぉ！！？？」

調子に乗って加速まで使ってみた。これが想像以上の勢いだった。さっきまでの速さが自転車並みだとしたら、今の速度は自動車並みだ。

足を突き出してブレーキをかける。ガリガリと地面が削れる音がした。

「いつの間に……」

完全に止まってから振り返ると、シラハナの門が小さく見えた。このわずかな時間で、こんな距離を走れるとは……。カースドブーツはかなり使えそうだ。

次はライトニングダガーと、カースドブーツのデメリットについての確認だな。

森に入ったところですぐフォールラビットを見つけた。お馴染みの動きで跳び上がり、向かって落ちてくる。

俺は敢えて何もせず、武器も構えずに棒立ちでフォールラビットを見つめていた。カースドブーツのせいで防御力は下がっているが、それがどの程度のものなのか確かめたかった。吸い込まれるようにして、フォールラビットの角が俺の腹に刺さる。

「ぐはっ！　……あれ？　そうでもないな」

腹筋に力を込めていたが、衝撃は大したことなかった。すぐＨＰも確認する。今までとあんまりダメージ量が変わってない。というか、見ただけでは区別がつかないほどだった。

「んん？　なんで変わらないんだ？」

腕を組んでしばらく考える。その間もフォールラビットは突撃を繰り返していたが、やはりダメージ量は特に増えてるように見えない。

「………あっ」

ようやく気が付いた。よくよく考えたら、俺はそもそも耐久の値を増やしていなかった。レベルが上がっても、経験値は全て速度を増やすのに使っていたから、耐久は初期値のままだ。そして初期値イコール最低値なのだとしたら、ダメージが変わらないのも頷《うなず》ける話だ。

「なんだ、心配して損したな。ということは、今まで通りで問題ないってことだ」

俺のやるべきことは変わらない。高速で移動し、敵の攻撃は避けてかわして逃げまくる。戦闘スタイルはそれでいい。そして情報をいち早く広める。

よしカースドブーツはこれでいいだろう。次はライトニングダガーの性能だ。

考え中でも、フォールラビットは単調に突撃……というか落下攻撃を繰り返している。それを見ながら、腰のライトニングダガーを引き抜いた。

やはり何度見てもいい出来映えだ。雷属性でうっすらと黄色い光を帯びているのが特にいい。

タイミングを合わせて、フォールラビットを斬りつける。直撃と同時にバチバチと音がして、フォールラビットが吹き飛ぶ。おお……。おそらく魔法ダメージが追加されているのだろう。今まで使っていた初心者のナイフとは大違いだった。

◆◆◆

モンスターを何匹も狩って経験値を貯める。おかげでレベルも7まで上がっていた。

「ん？」

その途中ふと違和感に気付いた。戦闘中だったサンダーキャット達が、なんとなく黄色く光っているように見えたからだ。これはなんだろう？　今まで倒してきた中には、こんな状態になる奴はいなかったはずだが……。

そうこうしているうちに、サンダーキャットにとどめの一撃を喰らわせる。軽い音と共に爆発してドロップ品が散らばる。

「これは!?」

ドロップ品を回収しようとして見つけた物、それはあれからモンスターを何匹倒しても手に入らなかった、魔法石だった。

やっと魔法石を手に入れることができた。それはいいことだ。しかし、これはどういうことだ……？

あれから全く出なかったこと自体は、別におかしくない。レアアイテムだったらそういうこともあるだろう。百匹倒しても一個も出ないなんて、ゲームをしてればよくあることだ。

だが気になるのは今、二匹のサンダーキャットを倒して、二匹とも魔法石をドロップしたことだ。そんな偶然あるのか……確かめる必要があるな。

急いでサンダーキャットを探し出す。途中、他のモンスターが襲ってきたが、回避に徹してなんとか逃げ切った。

「よし、見つけた」

ようやく一匹見つけたところで、再度ライトニングダガーで斬りつけていく。斬って斬って斬りまくって、やっと倒しきった。すると、再び魔法石がドロップした。その後三匹ほどサンダーキャットを倒したが、全て魔法石がドロップした。

やはりだ。ライトニングダガーでサンダーキャットを倒すと魔法石がドロップする。これは間違いない。だが、それはいったいどういう法則によるものなのか……。

「サンダーキャット以外で試してみるか」

次はファイアフォックスを狙ってみた。実物は見たことないが、こいつなら火の魔法石を落とすんじゃないかと考えたからだ。サンダーキャットと同じように狩って狩って狩りまくる。だが、結果は失敗だった。十四も倒したが、全く魔法石はドロップしなかった。

「何が違う……？」

サンダーキャットは倒す寸前に必ず光るのだが、ファイアフォックスにはそれがない。この違いはなんなのか……。

「サンダーキャットとファイアフォックスの違い……属性か？」

ふと思い至った。サンダーキャットは雷属性のモンスター。ライトニングダガーは雷の魔法石を使った属性武器。ここに何か秘密がある……気がする。そして考えた結果、ある一つの仮説が頭に浮かんだ。

「もしかして、同属性の攻撃で倒すと魔法石をドロップするとか……？」

興奮した。これが正しければ、安定して確実に魔法石を手に入れることができる。そうなれば資金もいくらでも稼げるぞ！　……いや待て待て。冷静にならないと。これはあくまで仮説に過ぎない。ここはもっと検証が必要だ。

「検証……そうだ、【鑑定】か！」

なんで気が付かなかったんだ。鑑定してみれば状態がわかるかもしれないじゃないか。

辺りをうろつき、もう一匹サンダーキャットを見つけた。さっきと同じようにライトニングダガーで徐々にダメージを与えていく。そしてある程度ＨＰを減らしたところで、また体が光り出した。

「よし、『鑑定』」

サンダーキャット
全身に雷をまとった猫。かなり素早い。

しかし予想に反して鑑定しただけでは、判断がつかなかった。もしかしたらと思い、何度も何度も繰り返し使ってみたが、やはり見分けることはできなかった。

今度はひたすらサンダーキャットだけを狩って狩って狩りまくる。ただしライトニングダガーを使うばかりじゃない。普通のナイフを使って交互に試す。とにかく試しまくった。普通のナイフで弱らせてからライトニングダガーでとどめを刺すとか、逆のパターンとか色々なパターンを検証してみた。もちろんパターンごとに鑑定も試した。

「なんとか法則が掴《つか》めたかな……」

その結果、法則が見えてきた。おそらく「同属性の攻撃でＨＰの八割以上減らす」のが魔法石ドロップの条件。八割というのはだいたいだ。明確な数値が見られる訳じゃないし。

「ふふふ……これは収穫だ……」

そしてもう一つ思いがけない収穫があった。俺は狩りの最中、状態を確認する為に、鑑定を使いまくっていた。多分そのおかげだろうが、新たなスキルをなんと二つも入手したのだ。それがこれだ。

【識別】

鑑定よりも詳細な状態が判定できる。


【偽装】

ステータスの項目表記を一部変更することができる。


【偽装】はすごくありがたい。これで名前とかを誤魔化せるようになれば、情報屋として正体を隠した状態でプレイヤーに接触できる。逆に顔や本名を晒《さら》したまま、町を歩いても問題ない訳だ。

ただ、鑑定を使っただけでなぜ偽装が手に入ったのかは不思議だが……もしかしたら俺の職業が盗賊なのも関係あるのかもしれない。

そして【識別】を使えば状態の判断ができるようになるとあるが、どういう意味だろう？　実際に使ってみた方が良さそうだな。もう一度、サンダーキャットと戦闘し、光り出したところで発動させる。

「『識別』」

サンダーキャット
全身に雷をまとった猫。かなり素早い。
・魔力充填《じゅうてん》

「これは……！」

間違いない。この『魔力充填』というのが、魔法石に関係ある。勘による推測だが、例えば雷属性のモンスターに雷属性の攻撃をすると、ダメージと一緒にその魔力自体が補充されていくのだろう。そして大量に充填したところで倒すと、魔力が凝縮されて魔法石になる……みたいな感じだと思う。

◆◆◆

収穫に喜んでいた、その時だった。少し離れたところから声がしたのは。何やら叫んでいるようにも聞こえる。おそらく戦闘中なんだろう。違う声が聞こえてくるから、多分一人じゃないな、これは。

そういえば、俺はパーティの戦闘って見たことないなぁ……。試しに見てみたら参考になるかもしれない。ちょっと覗《のぞ》いてみようか。

ただ、あんまり堂々と姿を晒すのは気が進まない。目立ってしまうと、情報屋として支障をきたすからな。

『『ハイジャンプ』』

スキルで木の上まで上る。そしてそのまま、枝を跳び移って声のする方へと移動し始めた。幸い木の生えている間隔が狭いので、大した距離を跳ばなくても隣の木へと移れる。

ある程度距離を進むと、徐々に声が大きく聞こえてきた。一旦足を止めて枝の上でしゃがみこむ。一応消音スキルがあるし、気付かれる心配はないだろうが、念の為にな。

「さて……ん？　あれは……」

下を見渡すと、そこにいたのは紛《まぎ》れもなく、前回俺が逃走した相手、グランドベアだった。後ろ足で立ち上がり、大きく腕を振って爪を振り上げている。

「グオオオォォォォ!!」

「くそっ、こいつ強過ぎだろ⁉」

「だから無理って言ったでしょ⁉」

「も、揉《も》めてる場合じゃないよ……⁉　は、早く逃げないと……！」

そしてグランドベアと相対しているのは、三人のプレイヤーだった。

一人は大剣を振り回している剣士。動きやすそうな革の鎧を身に着け、軽快に動き回っている。赤い髪をさっぱりと短めに切り揃えて爽やかな感じだ。

その横の金髪の少女は、典型的な魔法使いだろう。黒っぽいローブを着て杖を構え、ファイアボールをグランドベアの顔目掛けて撃ち込んでいる。

そして二人の後ろでおろおろしている、髪の長い神官の少女。回復魔法を使おうとしているのだろうが、二人の動きにタイミングが合わないのか、なかなか発動してない。

「うわやべっ⁉」

「きゃあ⁉　ちょっと、しっかり引き付けてよ！　危ないじゃない⁉」

「そんなこと言ったって、無理だろこれ⁉」

「ふ、二人とも、喧嘩してる場合じゃないって……！」

グランドベアは剣士を思いきり殴り付けた。剣士は素早く剣でガードしていたものの、数メートル吹き飛ばされてしまう。そして、そのタイミングで顔面に魔法が直撃したことで、グランドベアの注意は魔法使いに向かう。魔法使いは攻撃される前に慌てて後ろへと下がった。

なかなか苦戦してるようだ。連携も上手くいってなさそうだし、グランドベアの強さよりも彼ら

がまだまだ弱いんだろう。ここからでも見えるが、グランドベアのＨＰは二割も減っていない。対する彼らは疲れているように見える。ダメージが結構蓄積しているな。

「グルァァァ！」

観戦してるうちに、グランドベアに動きがあった。鳴き声と共に、両腕を振り上げ万歳のようなポーズを取った。その体勢のまま、手の爪が光り出す。次の瞬間、両腕を振り下ろした。爪の一本一本から三日月状の光が飛び出し、合計十本の光がパーティに向かって飛んでいく。

「しまっ……!?」

「きゃあ!?」

「えっ!?」

思いがけない攻撃に怯んだ彼らは直撃を受けてしまった。そして三人ともそのまま倒れてしまう。そのまま動かなくなったかと思えば、体が白く光っていく。全身が光って見えなくなったところで、パッとこの場から消えてしまった。

なるほど……初めて見たが、おそらくあれがプレイヤーの死亡演出なんだろう。徐々に消えていくのは、復活魔法を使う為の猶予といったところか？　まぁなんにせよ、彼らは街の教会で今頃復活しているはずだ。

「まぁ単純に、準備と実力不足だろうな……」

木の上から一部始終を見させてもらったが、初見でグランドベアに勝つのは難しいだろうな……。さっきの爪の攻撃も全然対応できてなかったし。

ふとグランドベアの方を見ると、固まっていた。いや、正確には爪を振り下ろした体勢からそのままだった。丸まった背中には、傷のようなものが見える。それからすぐ顔を上げると、辺りを見回す。周囲を確認した後、その場に丸くなって寝転んでしまった。ＨＰがゆっくりと増えているのが見える。あれが回復の為の行動なんだろう。

「さっきの動き、あれは……」

爪を振り下ろした後、数秒だが動きが止まっていた。もしかして、あれは必殺技の後の隙みたいなものじゃなかろうか。そういった隙が設定されてるのか……？

「もし、そうだとしたら……動きにパターンがあるのかも……」

せっかく目の前にいるんだし、これは確認の機会かもしれない。準備も万全じゃないし、勝つのは無理だろう。だが、このスピードを活かせば、逃げながらパターンを確認することはできる……はず。やってみるか。

「『潜伏』」

気配を殺して、木の上から飛び降りた。足に力を入れて着地の衝撃を中和する。一瞬ビリッとしびれたが、痛いと感じるほどじゃない。【消音】スキルのおかげでさっきからの行動は非常に静かにできた。グランドベアはピクリとも動かず、目を閉じて寝転んだままだ。

そのまま近寄る。急がないと潜伏の効果時間が切れる。ぐるりとグランドベアの周りを回ったが、やっぱり目につくのは背中についている大きな傷だった。一面に広がったバツ印のような十字傷。攻撃してみる価値はあるかもしれない。

腰の鞘《さや》からライトニングダガーを引き抜き、逆手に持つ。そして思いっきり振り上げて力いっぱい刺した。潜伏が解除される。

「グルァァァァァ!?」

「ちっ！」

グランドベアは瞬時に反応し腕を振って暴れ始めた。急いで離れるが、ギリギリ間に合わない。わずかに爪が腕を掠《かす》めるが、なんとか致命傷は避けた。体勢を立て直して、グランドベアを改めて確認する。HPが二割ほど減っていた。

ボスモンスターともなれば、決して簡単に倒せるような存在じゃない。にも拘《かか》わらず、たった一撃でここまでHPが減るなんて、普通のモンスター並みだな。やはり背中の傷跡は弱点と見ていいだろう。そうだ、見るといえば今なら【識別】が使えたんだ。

「『識別』」

グランドベア
大森林のボスモンスター。速度は遅いが、攻撃は重く強い。
弱点は背中の古傷。

おお……以前はところどころ読めなかった部分が、はっきり読めるようになっている。これで確認も取れた。弱点は古傷だ。あとは攻撃パターンに何か法則がないか、確かめたいところだ。ひとまず回避に専念して様子を見てみよう。

◆◆◆

「ふむ……こんなところか」

しばらく、見極めに徹したことでだいたいわかってきた。あの必殺技らしき攻撃……仮に爪飛ばしと名付けよう。あれは、近くで戦っている間は使う気配がない。相手が一定以上の距離に離れると使ってくるようだ。さっきのパーティに使ったのも、吹き飛ばされて全員が距離を取ってしまったからだろう。

そして爪飛ばしの発動後、約三秒動きが止まる。これはかなり使える情報だ。停止中に後ろに回り込んで、背中に攻撃を仕掛ける。これを繰り返せば、倒せる確率は大幅に上がるだろう。

ボスにしては弱点がわかりやすいと思うが、最初のボスということもあるし、そこまで難易度は高くないのだろう。

他にも、連続で殴り付けてくるとか、腕を大振りにしての一撃とか、三、四種類の攻撃パターンを確認することができた。おそらくパターンはこれで全部……だと思う。

◆◆◆

　このままひたすら逃げ回って時間を稼ぎ、隙をついて傷痕を狙う。そういうヒット&アウェイ戦法を使えば、グランドベアをソロで討伐《とうばつ》できるのかもしれない。しかし、それでは困るのだ。正確には、困るかもしれない。

　MMORPGでは結構よくあることだが、例えば重要なボスモンスターを倒した時など、全プレイヤーに向けてアナウンスが流れることがある。そのモンスターを倒したことで、新たな街に行けるようになった場合とか。

　その場合倒したパーティ名、もしくはプレイヤー名が公表される可能性がある。最近は個人の権利等でうるさいし、可能性はそこまで高くないが……しかし万が一公表されてしまったら、非常にまずい。影の情報屋ポジションのはずが、トッププレイヤーのような扱いをされてしまう。ソロで討伐とかどんな奴なんだと噂になったら、逆に俺が調べられる立場になってしまう。気にし過ぎと言われるだろうが、そこは気にしまくっておきたい。

　という訳で、グランドベアは誰かに倒させようと考えている。問題は誰にするかだが……。まぁ弱点はわかったことだし、その件は置いといてひとまず撤退するとしよう。……なんか撤退ばかりしてる気がするな、俺。

◆◆◆

加速を上手く使って移動すれば、街まで戻るのに五分とかからなかった。相当速くなってるな。

さて、戻ってきたのは他でもない。グランドベアの弱点の情報を誰かに売り付ける為の客探しだ。しかし、そんな簡単にはいかない。扱う商品が情報である以上、店を開くことはできないし、ましてや道の真ん中で堂々と商売なんてできる訳がない。

だが、客を探すだけならむしろ、大通りをうろつく必要がある。その為には戦闘用の装備は不要だ。全身を隠す黒いコートに帽子、そして毒々しい色合いのブーツ。これじゃあ怪し過ぎる。もちろん、街中にはでかい鎧を着けたプレイヤーもいるにはいるので、特別目立つ訳じゃない。だが、印象に残るような格好はＮＧだ。

よって俺は今、装備を全部初心者用と入れ換えていた。これでどこからどう見ても立派な初心者だ。いや、数日前にゲーム開始したばかりなので、初心者の域なのは間違いないから……なんかややこしいな。とにかく、無害な初心者の振りして見定めている最中だった。

「目ぼしいプレイヤーが通りかかればいいんだが……」

こんな時こそ俺の自慢………できるほどでもない特技、聞き分けの出番だ。

神経を耳に集中して、必死に会話を聞き取る。その間は壁に寄りかかり、メニューを操作している振りをしていた。そんな中気になる会話が聞こえてきた。

「もー！　あんたのせいで死んじゃったんでしょ！」

「だからごめんって……。そんな何度も怒るなよ……」

「お、落ち着いてよ。アーサーだって反省してるんだし、ね？」

この声……間違いない。さっきグランドベアにやられた三人組の声だ。さりげなく目を向けると割と近くにいた。通りの隅であれこれ会話しているようだった。

「だからさ、あれは勢いが足りなかったんだ、きっと！　今度はバーンと行って、ドーンと撃ち込めば勝てるはずだ！」

「意味わかんないんだけど!?　あんたがばか正直に突っ込み過ぎなのよ！」

「え、えっと、慎重に薬とか多めに持ってくのはどうかな……？」

ふむ、だいたいの推測だがおそらく、直情的な剣士にそれを抑える魔法使い、そしておとなしい神官ってところか。性格と役割がぴったりって感じだな。

……こいつらにしてみるか？　見たところ悪い連中ではなさそうだ。なんというか……素直なタイプというか。例えば俺が情報を渡したとして、こいつらは素直に信じて活用するだろう。情報を転売するような、悪用方法なんて考えつかなそうだ。

とりあえず話すだけ話してみるか……。ダメそうだったら別の強そうなパーティを探して売ればいいだけだし。それに敢えて、トッププレイヤーじゃなくて、こういう連中に売った方が面白そうだ。俺の情報のおかげで一流の仲間入りできた……とかなったら嬉しいしな。

その前に鑑定しておくか。さっきは戦闘を見守るばかりだったからな。

「『鑑定』」

アーサー　剣士　ＬＶ６

シロ　魔法使い　ＬＶ６

ウルル　神官　ＬＶ５

人物、特にプレイヤーを鑑定する場合は詳細な情報はわからない。せいぜい名前と職業とレベルくらいだ。まぁ当たり前といえば、当たり前だな。そんなホイホイ他人の情報がわかったんじゃ、

対人戦なんかやる時に手の内がバレバレになってしまう。

ふむ。職業は予想通りだし、グランドベアに挑むだけあってレベルもまあまあ……。これならきちんと教えれば、グランドベアを倒すのも難しくないだろう。

あとは、どうやって声をかけるかだが……ん？　考えながら見てると、三人は歩き出した。俺もゆっくりと歩き出し、尾行を開始する。

しばらく進んだところで三人はあの薬屋の前で止まった。どうやらアイテムを買い揃えるつもりらしい。三人が店に入っていったのを見計らって、俺は隣の路地に入る。そしてメニュー画面から戦闘用の装備を身に着けていく。

よし、できた。これでどこからどう見ても怪しいプレイヤーだ。あれおかしいな、何も間違ってないのになんか涙が……。

気を取り直して準備を続ける。あとはこちらが『鑑定』されてしまった時の注意だな。彼らが鑑定を持っているかどうかはわからないが、念を入れておいた方がいいだろう。いよいよ【偽装】スキルを試す時が来たようだ。

メニュー画面から偽装を選択すると、新たに入力画面が出てきた。一部の表記変更というのは鑑定で確認できる項目、すなわち名前と職業とレベルを弄《いじ》れることのようだ。俺にとっては好都合だ。

「どうしようか……今のプレイヤー名がカラスだから……クロ……バード……いやいや、カラスを連想するような名前にしてどうする」

首を振って頭から候補を振り払う。……待てよ？　むしろ名前はそのままでもいいかもしれない。

この名前で情報屋をやって、一般人に変装する時は偽名を使う。その方がわかりやすいじゃないか。

よし、このままで行こう。……まあ一応、偽名自体は考えておこうかな。

「カラスと無関係なもの……空……海……海で隠れる………よし、ヤドカリにしよう」

そうだ、名前じゃなくて職業とレベルを変えておこうか。あれこれ入力できるかどうかを試す。

しばらく試してわかったが、職業とレベルは書き換えるというより、不明な状態にするのが精いっぱいのようだった。『LV?・?・』のような感じだな。とりあえず不明に設定しておく。

そうこうしている内に時間が経っていたようだ。路地から顔だけ出してこっそり様子を窺うと、ちょうど三人が店から出てきた。

◆◆◆

「ゴホン！　あーあー」

意識して少し低めの声を出す。喋り方も少し重々しくした方がいいかな？　これぞまさにロールプレイって感じだな。

こちらに近づいてくるタイミングに合わせて、声をかける。

「そこの君ら……」

「「「!?」」」

三人ともめちゃくちゃ驚いていた。挙動不審な感じに辺りを見回している。剣士の奴……アーサーなんかは慌てて剣を抜いていた。……街中では戦闘行為ができないから、あんまり意味はないんだけどな。

「………ひゃっ⁉」

ようやくこちらに気付いたようだ。俺を見て少し後退りしていた。俺も軽く後ろに下がりながら、誘い込むように静かに手招きする。

三人は顔を見合わせていたが、おそるおそる路地へと入ってきた。アーサーは剣をこちらに向かって構え、女子二人を後ろに庇《かば》うようにしながら近づいてくる。

よし、ここからが交渉……俺の話術の見せどころだな。

「な、何者だ、俺達になんの用だ⁉」

「まあ、そう警戒するな……。怪しい者……かもしれないが敵ではない……」

格好のせいか、相当怯《おび》えられてるようだった。流れで怪しさを否定しようとしたが、流石に説得力がなさ過ぎるのでやっぱりやめておいた。

「敵じゃないって……じゃあ誰なんだ？」

「人に名前を聞く時は、自分から名乗るのが礼儀じゃないか……？」

テンプレートなやり取りだが一応やっておく。名前はもう知ってるので、名乗らせるのに意味はない。だがこういうやり取りで動揺したり怒ったりすれば、話の主導権を握りやすくなる。

「ぐっ……俺はアーサーだ」

「シロよ」

「えっと、ウルルです……」

アーサーは不本意そうだったが、言ってることは正しいと思ったのか素直に名乗った。シロとウルルもそれに倣《なら》って各々《おのおの》名乗る。

「俺はカラス……情報屋だ」

そして遂に言ってしまった。他人に向かって情報屋を名乗るのはこれが初めてだ。ここまで来たら後には退《ひ》けない。凄腕の情報屋になる為に頑張らねば。ここが第一歩だ。

「情報屋……？　よくわからないけど、怪しいな！」

「つれないな……。せっかくいい情報を教えてやろうと思ったのに……」

「いい情報……？」

「ああ、熊に関する情報……なんてどうだ？」

「「「!!」」」

効果は覿面《てきめん》だった。三人とも驚いた顔でこちらを見つめている。

「熊って、あの大森林にいる奴のことか……？」

「そう、その熊についてだ……。もし良かったら情報が必要かと思ってな……」

「あんたは何か知ってるの……？」

よしよし、いい感じに俺の話に引き込まれているようだ。このままこちらのペースで話を進めよう。

「知ってるぞ……。名前とか戦い方とか、弱点とかな……。どうだ、知りたくないか……？」

「な、なんだって……！　頼む！　ぜひ教えてくれ！」

「ちょっと⁉」

少し話を匂わせると、アーサーはためらいなく頭を下げてきた。それを見たシロがあたふたと慌てている。

「いいだろう……特別に教えてやろう……ただし」

「おお！　助かっ……『ただし』……⁉」

「もちろん、タダじゃない……」

タダじゃない、と言った途端、シロはこっそりメニュー画面を開いて見ていた。おそらく所持金がどのくらいかを確認してるんだろう。今も買い物したばかりだし。

「いくらくらいだ……？」

「まとめて二十万ほどだな……」

「二十万⁉　そんな大金持ってねぇよ！」

「なら仕方ない……他の奴に売るとしよう……」

最初のチュートリアルで俺が得られた金額が十万。他の職業のチュートリアルがどんなものかは知らないが、仮に三人ともクリアしたとして最高は多分三十万のはず。武器とか装備を揃えたりで、減ってるだろうからおそらく無理だと思って吹っ掛けたが、予想通りの反応だな。

交渉の基本はまず、最初は強気でいくこと。そこから徐々に妥協する振りして、本当の要求まで近付けていく。本で読んだ程度の知識だが、案外上手くいきそうだ。このままロールプレイを続行しよう。

「ちょ、ちょっと待ちなさいよ！」

俺があっさり諦《あきら》めて帰る振りをすると、案の定呼び止められた。情報を匂わせた時の反応から、グランドベアについて知りたがっているのは明白だったし。

「なんだ……？」

「二十万は高過ぎるわ。なんとかならない？」

よしよし、値下げを要求してきた。もう一押しだな。

「なら、十五万でどうだ……？」

「まだちょっと……もう一声！」

「なら十三万だ……」

「十一万！」

「待って!?」

値切りが白熱してきたその時だった。後ろで控えていたウルルが甲高い声を上げた。

「ウルル、どうした？」

俺の方を見て震えているようだった。そのままゆっくり指差してくる。

「そ、その人、鑑定が効かないんだけど……!?」

「「えっ!?」」

なんかおとなしいと思ったら、俺のことを探っていたのか。おそらく彼女の目には鑑定結果がこんな感じで見えてるはずだ。

――――――――――

カラス　??　LV??

――――――――――

我ながら圧倒的なまでの不審者感。プレイヤーじゃなくてＮＰＣと思われてもおかしくない感じだ。

警戒しているのか、再び距離を取られてしまった。だがこのままでは話が進まない。強引だが話を元に戻そう。

「そんなこと、今はどうでもいい……十二万で買うのか、買わないのか……？」

どさくさに紛れて値段を十二万にしておく。この辺が値段の落としどころだろう。しかし、アーサーとシロは疑惑の目で見るのをやめなかった。

「……そもそもあなたの言ってることが本当かどうか、わからないじゃない」

「そうだな、嘘をついて金を騙《だま》し取るつもりかもな」

しまった、警戒されたことで根本的に疑われたようだ。この辺が情報屋の難しいところだ。形のないものを扱う以上、最終的に最も重要なのは信用だ。

仕方ない……ここはこちらが譲って、なんとか信用してもらおうか。多少損をするのも覚悟の上だ。

「なら特別に、一部情報を無料で教えてやろうか……？」

「！　それは……」

「それが本当かどうかを確認した後、俺を信用できると思ったなら再び買いに来るといい……」

その言葉に三人は固まって相談し始めた。小声で話しているので、流石の俺も内容までは聞き取れない。しばらくした後三人は頷き、代表してアーサーが前に出てきた。

「あんたが信用できるかはまだわからない。が、とりあえずその一部情報ってのを教えてくれ」

「いいだろう……」

先ほど調べたグランドベアについての情報のうち、攻撃パターンを二つ教えてやった。こいつらも戦ってたから実際に見たかもしれないが、見ただけと言葉にして知識として知っておくのでは、対応が違ってくるはず。流石に爪飛ばしと弱点の傷痕については教えてやれないがな。

「なるほど……わかった」

「信用できると判断したら、買いに来るといい……」

全員とフレンド登録して、連絡が取れるようにしておく。その際、情報は早い者勝ちと釘を刺しておいたが、表情が固くなっていた。おそらくこの後、すぐに確認しにいくんだろう。

「じゃあな……『ハイジャンプ』（ボソッ）」

俺は別れの挨拶をしながら、一瞬彼らの後ろに目を向けた。視線に気付いた三人は、ほぼ同時に後ろへ振り返る。その瞬間を狙ってアーツで跳躍する。

手を伸ばして屋根にしがみつく。そのまま力を込めてなんとか登りきった。【消音】のおかげで音はしないし。

「あ、あれ？　いないよ⁉」

「どこ行った⁉」

下から慌てる声が聞こえてくる。ここで下を覗き込んで、うっかり見つかるような真似《まね》はしない。あくまで声を聞き取るだけだ。

冷静になれば、彼らもメッセージを送ればいいと気付くだろう。だが少なくとも、ミステリアスな情報屋の印象を与えることができたはず。

「よし……第一歩としては上々かな」

あとは彼らが顧客になってくれることを祈るばかりだ。誰かに見られないよう、姿勢を低くして屋根の上を歩く。そして少し離れた路地に向かって静かに飛び降りた。

◆◆◆

さて、ひとまず情報屋っぽいプレイができて満足したところで、次へと進まなければならない。新たな情報も何か仕入れたいところだが、やはり水馬の討伐に向けての準備が必要だ。

もし討伐者の名前が公表されるシステムだったら、情報を売るしかないが……違う場合はできれば自分の手で倒せるなら倒したい。討伐すれば莫大な経験値がもらえそうだし。この先何をやるにしても、強くなっておいて損はないだろう。

「その為に必要な……攻撃手段なんだが……」

その問題に再び戻ってくる。確認した限りではおそらく水馬は物理攻撃を受け付けなさそうだった。と、なると魔法攻撃しかないんだが……現状魔法攻撃を使うには魔法玉しかない。

「あるいはライトニングダガーの追加ダメージだな」

これだけで討伐しようとするのは少々頼りない。ダメージが微々たるものだと、間違いなく長期戦になる。

俺の戦闘スタイルは速度特化。防御面に関しては回避に徹するのが基本だ。時間をかければかけるほど、被弾しやすくなって危険だ。

……やはり短期決戦に持ち込む為の、新しい手札が必要だ。ボスモンスターが容易《たやす》く倒せるはずもないが、それでも時間短縮の努力はしておかないと。

「しかし魔法……魔法……魔法ねぇ」

魔法を修得するにはどうしたらいいのか。正直手がかりはない。……仕方ない、ここは地道な聞き込みからだな。

◆◆◆

「そういうことなら図書館で聞けばいいんじゃないか？」

「そうですか、ありがとうございます」

　思ったより早く情報が集まった。住民に聞いたところ、わからない事柄に関しては、図書館で調べることがあるらしい。図書館があるのは知ってたが、ここで役に立つとは思わなかった。

　早速、図書館へと急ぎ足で向かう。位置としては街の東の端に存在する。

「……思ってたのとなんか違うな」

　もっと三階建てくらいの大きな建物を漠然《ばくぜん》と予想していた。しかし実際は平屋の建物だ。全体的に平べったい造りで、そこまで大きくはなかった。

　中に入ると、そこはホールのような造りだった。入ってすぐの場所が大きな一つの部屋となっており、壁一面に天井まで届く本棚がずらりと並んでいる。棚の数と本の並びから大まかに数えると……………蔵書はだいたい五万冊くらいだろうか。

　部屋の中央部分には机と椅子がいくつも設置されている。机で静かに本を読み耽《ふけ》る人もいれば、片手間にちょこちょこ書き物しながら読んでる人もいる。

　入って正面に受付らしきカウンターがある。若い女性が座っていたので、声をかけた。

「すみません」

「はい、いらっしゃいませ」

「初めてなんですが……」

「わかりました。では当館の利用方法について説明させて頂きます。当館の本はどなたでも閲覧《えつらん》自由となっております。読まれる際は、机をお使い下さい。また、本は全て図書館の外に持ち出すことは禁止されております」

持ち出し禁止か。なかなか厳しいな。おそらくメモを取っている人がいるのも、記録を持ち帰る為だろう。

「持ち出した場合はどうなるんですか？」

「当館の本には全て特殊な処理がしてあり、館の外に出すと、本から大きな音が鳴り続ける仕組みとなっております。その音に反応して警備隊が駆けつけます」

万引き防止のセンサーと似てるな。だが、魔法的な仕掛けがしてあるなら、こっちは誤魔化すのは難しそうだ。

「わかりました。では、魔法に関する本はどちらに？」

「それでしたら、向かって左の奥の棚にあります」

「ありがとうございます！」

「どうぞごゆっくり」

感じのいい受付だった。本当にNPCであることを忘れそうになるくらいだ。……まさかプレイヤーじゃないよな？　ま、まぁそれはさておき、魔法の本を調べるとしよう。

言われた通り奥まで行き、棚を確認する。本の大きさや厚さ、色など外見はどれもバラバラで様々な本が並んでいた。一冊ずつ題名を確かめていく。

「あったあった、多分これだろう」

棚の途中にあったのは『初級火魔法』と書かれた薄い本だった。隣には同じように『初級水魔法』『初級風魔法』『初級土魔法』などの題名の本が何冊か並んでいる。これを読めばスキル修得の手がかりになるはず。

初級の本をまとめて取り出すと、机まで運ぶ。机に積み上げた本から一冊取り、読み始めた。そんなに厚い本じゃないし、読み終えるのに時間はかからないだろう。

◆◆◆

「ふう……このページで最後か」

火属性の本を一通りなんとか読み終えた。魔法の発動の仕組みなんかを図解した本でなかなか解りやすかった。しかし、スキル修得の手がかりにはならなそうだが……？　不思議に思っていたその時、頭の中に声が響いた。

『スキル【火魔法】を修得しました！』

なるほど、てっきり修得の方法について書いてあると思っていたが、この本を読むこと自体が修得方法だった訳だ。

メニュー画面からステータスを確認する。アーツの中に新しく『ファイアボール』が追加されていた。

同様にして、他の属性の本も読破していく。試しに高速でパラパラめくってみたり、本の終盤部分だけ読んでみたが何も起こらなかった。全ページをきちんと読んだかどうかで、修得の判定をしているのだろう。VRでは脳波を計測している訳だし、知識内容が頭に入ったかどうかの判定も、不可能じゃないだろう。

結果、基本五属性初級魔法を一通り修得できた。水馬に対抗するには、【雷魔法】があれば良かったんだろうが、これもついでだ。

ただ、これで安心かといえば、それはそうでもない。『サンダーボール』程度の威力だったら、魔法玉を使うのとあんまり差はないだろう。なぜなら俺はステータスの中で、知力を全く上げてないからだ。知力が低いから、MPもほとんどないし。つまり、威力も回数も足りてない。

「一歩一歩、必要なものを用意していってるつもりだったが……ペースを少し上げないといかんかもな」

現状を一回整理しよう。

水馬にもう一度挑みたい。

水馬には雷魔法がよく効くと思われる。

俺は魔法を使う手段が魔法玉しかない。

だから魔法を修得しに来た。

ここまでの流れはよし。問題はペースが遅いことだ。

こうしてる間にも、誰かがグランドベアを倒す為の準備を進めているだろう。倒されてしまえば新たな街へのルートが開けるから、みんなそっちへ向かう。そうしたらそっちの方が話題になるし、何より俺もいち早く新たな街へ行って情報を収集しなければ。その為にも、早く水馬を倒さないと。

とはいえ、攻撃手段が乏しいのも事実……。どうする……？　【雷魔法】を鍛えて新たなアーツを手に入れる策もある。だが、それには結構スキルを使わないといけないし、時間もかかる。現に最初から持ってる【短剣】も『スラッシュ』以外のアーツが手に入っていない。何か条件があるのか……。

必死に考える。現状で何かできることはないか。見落としていることはないか。

「あ……そういえば」

そうだ、一つ思い出した。すっかり忘れていたが、まだ残っていた。強力な魔法が使えるかもしれない可能性が。

◆◆◆

「いらっしゃいませー」

「こんにちは、リアさん」

俺は雑貨屋を訪ねていた。前回魔法玉を手に入れたのもここだし、魔法玉にはランクの高い物があったはず。それを使えば今よりダメージを与えられると思ったからだ。

「今日はどうされました？」

「えっと、魔法玉よりも強力な魔法が使えるアイテムはないか、と思いまして……」

これで更に威力の高い魔法玉が手に入るはず。それとポーションの類いを補充したら、水馬にリベンジといこうじゃないか。

「できるだけ威力の高い物を、お求めなんですか？」

「そう……ですね」

「値段の方が、かなりお高くなってしまいますが……」

「いくらかかっても構いません！」

いくらかかってもいい、というのは正直見栄を張った。手持ちの金は大してない。だが一応【割引】スキルもあるし、足りない分は魔法石を集めて売ろうかと思ってる。

しかし、会話が思いがけない方向に進んでいった。

「でしたら……他のお店をご紹介しましょうか？」

「えー!?」

急にそんなこと言われた。バカな……何がいけなかった？　好感度が下がる真似はしてないはずだ。なのに、こんな追い返されるような対応されるとは……!?

「あっ……ち、違いますよ？　別に追い払おうとしてる訳じゃないです」

密《ひそ》かに動揺していると、リアさんが慌ててフォローしてきた。どうやら顔に出てしまったらしい。

「実はですね、私のおばあちゃんが薬屋をやってるんです」

「おばあちゃん？」

「はい。おばあちゃんは薬師《くすし》として色々研究してますので、多分必要なアイテムがあるんじゃないかと思います」

魔法玉もおばあちゃんが作ってるんですよ、とリアさんは締めくくった。

ふむ……。魔法玉で済ませるつもりだったが、より強力なアイテムが手に入る可能性があるなら、そちらを訪ねてみようか。

「そういうことなら、ぜひ紹介し下さい！」

「ふふっ。わかりました。すぐ準備しますね」

カウンターの奥に引っ込んだ後、数分で戻ってきた。そして筒状に丸めた紙を手渡される。

『【リアの紹介状】を入手しました！』

「これを見せれば、おばあちゃんも話を聞いてくれると思いますよ」

「見せないとどうなるんですか……？」

「……おばあちゃんはちょっと気難しいところがありまして」

頭の中に、黒いローブを着た老婆が大鍋をかき混ぜるシーンが浮かぶ。どうやら偏屈《へんくつ》な人物らしい。

◆◆◆

その後、街の地図を見ながら、薬屋の正確な場所を教えてもらった。きちんと礼を言ってから、リアさんと別れる。そして早速薬屋に向けて歩き出した。

「やっと着いた……」

地図で教えてもらったものの、目的地は非常にわかりづらい場所だった。裏路地を何度も曲がってたどり着いたので、方向感覚が狂いそうだ。街中なのにダンジョンをさまよっているかのようだった。

到着した薬屋はかなり小さな建物だった。立地は周囲の建物に遮《さえぎ》られて日光がわずかしか届かず、薄暗い。寂れた感じの一軒家で看板もない。無人の民家だと言われても納得しそうだ。

おそるおそる扉に手をかけ、ゆっくりと開く。軋《きし》む音と共に、店内にうっすら光が射し込んだ。元々が日陰なのであんまり変わらないが。

中に入って見回す。暗くて非常に見えにくいが、辛《かろ》うじて近距離なら見える。入って左右の両側にある棚には、埃《ほこり》を被った壺《つぼ》や箱がびっしり並べられている。

「こんにちは……？」

見たところ無人というか、人の気配が感じられない気がする。おかしいな……地図の場所はここで合ってるはずだが？

「なんの用だい」

「うおぉぉ!?」

突然耳元でしわがれた声がした。反射的に声から離れるように後退りしてしまった。

薄暗い中目を凝らしてよく見ると、そこには一人の老人が立っていた。黒いローブを着てフードを被ったおばあさんだ。いや、見た目はそんなに老けてない。せいぜいおばさんといったところだろうか。

　しかし、びっくりして心臓が止まるかと思った。この俺に気配を感じさせず、至近距離まで近づくとは……只者《ただもの》ではなさそうだ。

「で、あんた誰だい」

「えっと、アイテムを探してここまで来……」

「うちは初対面の相手には売らないんだよ、帰んな」

　瞬殺《しゅんさつ》だった。最後まで言い終わることもなく、追い返されそうになっていた。気難しいとの評判は間違いなさそうだ。

　おばあさんはカウンターの奥に戻ろうとしていた。どういう対応されるか確かめたかったので、そのまま話しかけたがやはりダメそうだな。

「待って下さい！　これを見て欲しいんです！」

「あん？」

　用意していた紹介状を見せることにした。最初怪訝《けげん》な顔をしていたが、無視する気はなさそうだ。紹介状を渡すと、広げてじっくり目を通している。

「ふふふ……」

「……？」

　読み始めてから数分後、おばあさんはクスクスと笑い出した。いったい紹介状に何を書いたんだ、リアさん。ややあって、おばあさんは顔を上げてこちらを見た。俺を頭から足先までジロジロと見回している。

「……まぁ、そういうことなら話を聞こうかね」

「!! ありがとうございます、おばあさん！」

「あたしの名前はリサーナだよ。次からそう呼びな」

なんだかよくわからないうちに、認められたらしい。この機会を逃す訳にはいかない。俺はゆっくりと事情を説明し始めた。

「なるほど……威力の高いのが欲しいのかい」

「はい、ぜひ！」

リサーナさんは煙管《きせる》を吹かしながら、俺の話を聞いていた。

「一応あるにはあるけどね……」

「それを見せ……！」

「ダメだね」

「えー!?」

またしても最後まで言い終わる前に、即答された。しかし、どういうことだろう？　紹介状の効果があったはずでは？

「リアの頼みだから話は聞いたけどね、まだ売るとは言ってないよ」

「そんな……」

売ってもらえないとなると、この後どうすればいいのか。悩み始めたが、まだ続きがあった。

「どうしてもって言うなら、いくつか条件があるけどね」

そう言われた瞬間だった。目の前に、メニュー画面が勝手に展開されていた。

『シークレットクエスト：【リサーナの試験】が発生しました。受けますか？』

これは……！　名前通り、隠れクエストが発生したのか。チャンスかもしれない。こういう珍しいクエストは、貴重な装備やアイテムが手に入ることが多い。選択はもちろん受けるに決まっている。早速メニューから『はい』を選択した。

「そうかい。なら条件を教えるよ」

「お願いします！」

なんだか予想外の展開だが、悪い方には転んでいない。このまま行けるところまで突っ走るしかない。

「あんたが必要なのは、これだろう」

カウンターの上に出されたのは、妙な物体だった。手に収まる程度の筒状の物体だ。いや片側の先端が尖《とが》っているから、どちらかといえば、『杭《くい》』に近い形をしている。

「こいつは魔法玉を改良したものでね、魔法弾《まほうだん》という」

カウンターに載せたまま、じっくり眺める。全体が真っ赤で先端以外には見たことのない妙な文字がびっしり刻まれている。

「魔法玉と同じで、相手に向かって投げて使う。魔法玉よりも威力はあるんだが、その分取り扱いが難しくてね」

「取り扱い……？」

「下手《へた》な奴が投げると、発動した魔法に自分自身が巻き込まれてしまうのさ」

なるほど、手榴弾《しゅりゅうだん》みたいなものか。魔法玉も似ているが威力からして巻き込まれるほどではなかった。

「だから、実力のない奴に売る訳にはいかない。少なくとも【投擲《とうてき》】スキルぐらいは持ってる奴じゃないとね」

◆◆◆

条件を告げられた俺は、すごすごと薬局を後にした。いや、正確には追い出されたと言うべきかもしれないが。【投擲】を持ってないとわかると、言い訳する間もなく外に出された。

ともかく、このままではアイテムを売ってもらえない。クエスト内容を確認するが、『【投擲】の修得』と書かれているだけだ。

さて、面倒なことになった……。魔法スキルは図書館で本を読めば基本は修得できたが、それ以外のスキルとなるとな……。

例えば【潜伏】や【無音】なんかは自身の行動によって修得できた。スキルというのは基本そういうものだろう。だが【投擲】は未だに修得できてない。何回か戦闘で魔法玉を投げてるにも拘わらず、だ。だから投擲がスキルとして存在するなんて思ってなかった。しかし、実際に存在するとなると……。

いや待てよ？　確か以前聞き込みした時に色々街の情報を手に入れたが、その中に訓練所の情報があったな。その時は情報を集めるだけ集めてさらっと聞き流していたが、もしかしたら関係あるかもしれない。ちょっと訪ねてみようか。

◆◆◆

訓練所は街の端、図書館と逆側に存在していた。中に入ると、鎧を着た兵士らしき人達が大勢うろついている。そして奥の方にポツンと受付が存在している。

正直、話を聞いて回りたい……！　街の人達とは違った話が聞けそうでワクワクする。だが、今は一旦我慢だ。優先するべきことを間違えてはならない。早速受付嬢に向かって話しかけた。

「すみません」

「ようこそ訓練所へ！」

「こちらの施設について教えてもらえますか？」

「はい。こちらでは、戦闘スキルに関する講習を受けることができます」

詳しく話を聞いてみると、長剣や槍、斧などの使い方を教わってスキルを修得できるらしい。講習料や時間はかかるものの、修得は間違いなくできるとか。

……なんか魔法に比べて、有料なのは引っかかるな。武器スキルは魔法よりも修得しやすい分、費用がかかるってことだろうか。まぁ、普通に生活してても魔法なんて手に入らないしな。

「こちらが講習項目になります」

「………おっ、あったあった」

講習項目のリストを見せてもらい、その中から目当ての【投擲】を発見した。おそらくあるとは思っていたが、ちゃんと項目にあって良かった。

「これをお願いします」

「……はい、承りました。それでは奥の方へお進み下さい」

講習料を支払ってから奥の通路へ向かって進む。一回の講習料が千Gと比較的安めだったのが救いだだな。

通路を通った先には扉が待ち構えていた。真ん中に大きく投擲と書かれている。軽く押して開けると、そこは非常に細長い部屋だった。横幅は三メートル程度だが奥へと長く、おそらく二十メートルはあるんじゃなかろうか。

そしてすぐ目の前に一人の男性が仁王立ちしていた。全身は鎧姿で、身長は二メートル近い大男だ。そして俺を見ると口を開いた。

「よく来たな！　俺がこの講習を担当させてもらう！　俺のことは教官と呼ぶといい！」

見た目もでかけりゃ、声もでかい。まさしく豪快といった感じだった。

「では、早速講習を始めよう！」

そのまますぐに講習が始まった。細長い部屋には的の代わりに等身大のマネキンのような人形が設置してあり、そこに向かって練習用のボールを投げるというものだった。一定以上の数のボールを当てることができれば講習は終了となるらしい。

俺はひたすらボールを投げ始めた。最初の方はなかなか飛距離が出ず、魔法玉を投げた時と同じで山なりにしか投げられなかった。が、その度に教官から「もう少し上に投げろ」とか「まっすぐ狙え」とか細かい指導が入ってきた。

試しに指導を無視して同じように投げてみたが、特に怒られるようなことはなかった。あくまでも命中させできれば問題ないらしい。

しばらく投げ続けたところで変化が起きた。軽く投げたはずなのに、感覚より勢いよく飛んだような気がした。と同時にお馴染みの音声が響く。

『スキル【投擲】を入手しました！』

どうやらスキルを入手したことで、補正がつくようになったらしい。

「よーし、合格だ！」

それに反応してか合格のお墨付きを頂く。考えてみれば、投擲って普通に役に立つっていうか、持ってて損はないスキルだよな。水馬と戦った時も、我ながら投球の遅さにもどかしく感じたし。

何はともあれ、これで条件は満たしたことだし、早速薬局へと向かうとしよう。一応教官に礼を言ってから、訓練所を後にした。……………そういえば教官の名前って聞きそびれたな。今度聞こう。

◆◆◆

「ふん、まぁ少しはマシになったようだね」

「は、はぁ……」

再びリサーナさんの薬局を訪ね、話しかけた際の第一声がこれだ。どう反応すればいいのか、リアクションに困る。こう言っちゃなんだが、とてもリアさんの肉親とは思えない性格の悪さだ。気を取り直して、話を続ける。

「と、とにかく、これで約束通り魔法弾を売って……」

「ダメだね」

「えー!?」

またこのパターンか。何回同じことさせる気だ、この人。

「正確には、売るのは無理なんだよ」

「それはいったい……!?」

なんか雲行きが怪しくなってきたぞ。今までとは別の意味で。

「実は材料が足りなくてね。この前見せたあれも、ただの見本なのさ」

「つまり材料を集めてこい、と……?」

「察しがいいじゃないか。話が早くて助かるよ」

リサーナさんは低い声で笑っていた。今度はいわゆるお使い系のクエストか。

「足りない材料というのは……？」

「雷の魔法石とフォールラビットの角を五十個ずつさね」

　ここで魔法石が出てくるか……。角はまだしも、魔法石は集めるのに骨が折れるんだよな。まあライトニングダガーがあるから比較的早く集められるし、なんとかなるか。それにしても五十個とはなかなかの数だな……。魔法石は多少貯め込んでいたから早いが、角は全部売り払ったからストックが全くない。

　一瞬弱気な考えが頭をよぎるが、首を振って振り払う。落ち着け、ゲームってのは基本コツコツ地道な作業が基本じゃないか。こんなところでくじけてどうする。

「わかりました！　すぐに集めてきます！」

　気持ちを切り替え、意気揚々と店を出た。冷静に考えれば、材料がないから作れないというのは、逆に言えば、材料を持ってきたらすぐ作れるってことだろう。つまり目的達成するのに、あと一歩のところまで来ている。

　やる気に満ち溢れた状態で、曲がりくねった裏路地をくぐり抜けて大通りへと戻った。そのまま大森林まで一直線に向かう。

◆◆◆

　しかしその時、急に他プレイヤーからメッセージが入ってきた。

今のところフレンド登録したプレイヤーは、あいつらしかいない。心当たりを頭に思い浮かべながら、メッセージを開く。

送り主はやはりアーサーだった。あの三人の中ではリーダーっぽかったし、予想通りだな。もしかしたらシロかとも思ったが。

内容はこうだった。もう一度交渉がしたいから、場所と時間を指定して欲しいとのことだ。どうやらグランドベアと戦って確認してきたようだな。

よしよし、いい傾向だ。信用が少しずつ生まれ始めている。この分なら、あいつらに情報をもう一回売り付けられるかもしれない。

俺は場所を指定したメールを送った。ちょうどログインしてる訳だし、時間については今からでも構わないと書いておく。

返信はすぐに来た。構わないとのことだったので、早速準備を始めた。

◆◆◆

指定した場所は例によって、大通りから一本外れた人けのない裏路地だ。俺は遠回りして、大通り側とは反対方向から近づいた。

壁の陰に隠れてこっそり様子を窺う。もちろん全身は戦闘用の完全装備に着替えて、正体がわからなくしてある。待ち合わせ場所に三人は既に到着していた。メニューを見たり、武器を振ったりしながら時間を潰している。

……普通に近づいても面白くないな。ちょっと驚かしてやろうかな。

俺の趣味、という訳じゃない。いや、趣味も若干含まれるが。できるだけ話の主導権を握っておきたいからだ。その為には思いっきりビビらせてやるか、下手に出ていい気分になってもらうかどちらかだ。俺の場合は、クールでミステリアスがコンセプトだから前者でやっているだけだ。

そんなことを考えながら、【跳躍】を使って屋根の上に上った。そのまま屋根を伝って移動する。

そして三人の後ろに回り込み、飛び降りた。

「待たせたな……」

「「「うわっ⁉」」」

着地して姿勢を整えると、気付かれる前にすぐ声をかけた。三人ともいい感じに驚いて後退りしていた。

「脅《おど》かすなよ！」

「それで用件は……？」

抗議の声を敢えて無視する。そのままこっちのペースで話を続ける。

「くっ……まぁいい。お前からもらった情報だが、実際に大森林に行って確かめてきた」

「ほう……それで？」

「言った通りだった。グランドベアは情報通りの動きをしたよ」

「少しは信用する気になったか……？」

「悔しいけどな」

なぜ悔しがられるのか、釈然としないが……。まぁ問題ない。今度こそ交渉ができそうだな。

「なら改めて聞こう……情報を買うか……？」

「ああ、売って欲しい……しかし」

「しかし……？」

「この前も言ったが、情報料が高過ぎる。なんとかならないか？」

困ったような顔つきで頼まれた。まさか前回無料で情報提供したことで、味を占めてしまったのか……？　それとも俺が使ったように最初は強気でいく交渉テクニックを使ってきたのか。

いや、よく見ると後ろで控えているシロとウルルは、不安そうな顔つきだ。よく考えたら、三人ともあんまり演技のできるタイプには見えないし、単純に資金が足りないから困っているだけかもしれない。

「ふむ……」

どうしたものか……。頷きながらも考える。値段を決めるのは俺の采配《さいはい》次第だ。ここで割引してやるべきか……あくまで値切りは拒否するべきか……。いや待てよ、これはタイミングがいいというか、チャンスかもしれない。

「なら多少考えてやってもいい……」

「おお！　本当か!?」

「それには条件がある……」

「じょ、条件って何よ……？」

もったいぶるような言い方にしびれを切らしたのか、アーサーを押し退《の》けてシロが前に出てきた。

まぁ三人の中でもしっかりしてそうだし、別に誰でも構わないけどな。

「フォールラビットの角だ……」

「「角……？」」

「そうだ。それを持ってきたら考えよう……」

これでよし。こいつらが角を集めてくれれば、俺は魔法石集めに集中できる。実質的に手分けして集めたことになり、時間も労力も半分で済む。完璧だ。

「よくわからないが……角を持ってくれば、割引してくれるんだな!?」

「そうだ……」

「よーし、わかった！　早速集めてくる！」

「ちょっと、待ちなさいよ!?」

「ま、待って……！」

宣言すると同時にアーサーは大通りの方に走っていってしまった。シロとウルルが慌てて追いかけていく。あっという間に三人ともいなくなった。……毎回立ち去る時どう演出しようか考えていたんだが、手間が省けたな。

さて、あいつらが角を集めてくれるし、俺は魔法石を集めに行くと…………待てよ。

「このまま大森林に行くと、鉢合わせる可能性があるな……」

フィールドは広いし、そんな簡単に遭遇することはないだろう。しかし万が一の可能性はある。もし、出会いそうになったら俺が避けないといけないが、その状態でずっと狩りをするのは効率が悪い……というか、やりにくくて面倒くさい。

どうする？　アーサー達はフル装備の俺しか知らないし、素顔も知らない。初心者偽装のままで狩りをするのはどうだ？

いやでも、魔法石を取るには雷系の攻撃を使う必要がある。つまりライトニングダガーの出番だ。もし使ってるところを見られたら、そこから俺の正体を連想するのでは？　序盤で属性武器を使ってる奴なんてほとんどいないだろうし、それが雷属性の短剣なんて、なおさら範囲が絞られるだろう。

覚えたばかりの雷魔法を使うのもいいが、命中率に不安が残るし、ＭＰも少ないから連射はできない。

「少し時間をずらそうか」

やむを得ない。バレる可能性は少しでも排除しておきたいし。余計な行動でバレたとなったら、間違いなく悔いが残る。

そうなると何をしようか。ログアウトするには少々早いし、大森林には行けない。街の中で過ごすしかないが何しようか？

いやいやよく考えろ、俺。こういう時こそ情報収集のチャンスと見るべきだ。どんなことだろうと一番大事なのは、下準備。そしてそれを支える基本だ。

　俺の場合は情報収集が全ての基本であり、下準備。街中をうろうろして、噂話に聞き耳を立てるとしようじゃないか。

◆◆◆

「今日も人が多いな……」

　ゲームが開始されて数日。プレイヤーは思い思いにゲームを遊び始めたばかりだが、人口はかなりのものだ。

『ビリオン』の初回販売数は決まっており、プレイヤー人数も制限されているものの、それでも多く見える。ちなみに俺は奇跡的に購入することができたタイプだ。

　眺めていてふと思った。そういえばゲームといえば戦闘だけでなく、生産もできるはず。

「生産職について調べてなかったな」

　これは迂闊《うかつ》だった。できるだけ広い範囲の情報を知っておくべきなのに、うっかりしていた。メニューからメモ機能を立ち上げると、以前の聞き込み情報に目を通していく。

「生産、生産……と。あったあった。鍛冶場があったな」

　一通り知っておいた方がいいし、少しだけ覗いてみようか。

◆◆◆

鍛冶場は大勢人が集まっている……というほどでもなかった。街の中心に近いが、建物に目立った特徴はない。そのせいか一般のプレイヤーからすれば、特に気にならない場所のようだった。

入る前に、窓からこっそり覗くことにした。大勢に注目されて目立つのは避けたいからな。

入口から回り込み、壁沿いに歩いていく。ちょうどいい高さに窓があったので、そこから様子を窺ってみた。

中は広い空間だった。いわゆる「炉」がずらりと並んでいて、その前が作業スペースといった感じだ。槌《つち》や火箸《ひばし》がきちんと揃えられている。

カーン、カーンと金属を打つ槌の音が響き渡り、窓からでも炉の熱気が伝わってくる。かなり本格的な再現度だ。……鍛冶場を見学したことはないけど、多分実際に行ったらこんな感じなんだろうなぁ。

「うおっ⁉」

しみじみ思っていたその時だった。突然ボンッ、と爆発音のような大きな音が聞こえてきた。反射的にそっちの方に顔が向く。

「けほっ、けほっ……」

もくもくと炉から煙が上がっており、その前で咳《せ》き込んでいる人が一人いた。立ち上がって周りを見回している。よく見ると女性だった。作業服を着て、頭に巻いたタオルで髪をまとめている。

「何やってんだ。だから無理って言ったろ！」

「おかしいな、今度こそいけると思ったんすけど……」

「何回やっても無理なもんは無理だ！」

丸刈りにした大柄な男性が駆け寄ってきて、女性と話している。どうやら小言を言っているようだ。一方、女性の方は首を傾《かし》げるばかりで、怒られていることなど気にも留めていない。

「全くお前は……！　いいか、次やったら追い出すからな！」

女性が全く堪《こた》えていないのがわかったのだろう。男性はそう言い残すと、自分の作業場所らしきところに戻っていった。対して女性は未だにブツブツ呟《つぶや》きながら考えている。しばらくそうしていたが、頭をクシャクシャとかきむしると、槌を手に取り作業を再開していた。

なんだろうあの人は……？

俺は入口側へと戻り、今度は堂々と入った。思ったよりも人は少ないし、そんなに気にしなくていいだろう。みんな自分の作業に集中していて、特に俺の方に目を向けたりしない。先ほどの男性に近づいていき、話しかけることにした。

「あのー、すいません」

「ん？　なんだ？」

「さっき、なんか爆発起こってませんでした？」

男性は強面《こわもて》だが、見た目よりは人当たりが良かった。俺の質問に対して、気さくに返してくる。

「ああ……。あいつのことか。数日前にやってきた来訪者なんだが、ワケわからんことばっかりやっててな……」

おかげで何度も爆発騒ぎだよ、とぼやいていた。どうやら常習犯らしいな。来訪者ってことはプレイヤーだし。ちなみに男性の方はNPCだ。

生産職なのは間違いなさそうだが、何度も何度も爆発させるとはいったい何をやってるんだろうか？　好奇心がうずくな。

「大変そうですねー」

「んー？　なんっすか？」

俺は早速、件《くだん》の女性に話しかけていた。初対面だが、さも知り合いであるかのような口調で話しかける。情報屋にはコミュニケーションも必須の能力なのだ。まあ図々しさとか強引さとも言えるけどな。

「いや、なんか上手くいってないって聞いたから……」

「そうなんすよ！　聞いてくれるっすか!?」

「お、おう……」

詰め寄られて、つい仰《の》け反ってしまった。思ったよりグイグイ来るタイプの人みたいだ。勘だが、これは話が長くなりそうな気がする。

案の定、長々と生産について、主に鍛冶スキルについて語られた。チュートリアルだけじゃわからないことが多くて苦労した、とか素材を叩く回数が多くても少なくてもダメ、とか。こっちが質問しなくてもガンガン話題が出てくる。おかげで一気に鍛冶について詳しくなった。

「で、これがあたしが打った剣っす！」

「ほう、これは……！」

驚いた。見せてもらったロングソードだが、武器屋で売っている物より、ほんのわずかだが性能が良かった。ゲーム開始してからの短期間で、こんな物を作れるなんて……見た目はバカっぽいが、意外と一流の生産職なのかもしれない。好きなことに熱中すると周りが見えなくなる、典型的な職人気質みたいだし。

「そ、それでどうして爆発が？」

「爆発っすか？」

なんとか話の切れ目に割り込むようにして、質問してみた。話を遮ったので怒るかとも思ったが、特に気にした様子もない。頑固《がんこ》ではあっても怒りっぽくはなさそうだ。

「聞きたいっすかー？」

「え、ええ」

「どうしてもっすかー？」

「まあ……」

「なら仕方ないっすねー！」

自慢気な顔で焦《じ》らしてくるから、若干イラつく。いやここは我慢だ、我慢。タダで情報を次々出してくれるんだから、多少のことは目をつむらないと。

「実は今、新たな発想を試してるところなんすよ」

「新たな発想とは……？」

「ズバリ、魔法武器の開発っす！」

なるほど。現在店に置いてある武器は基本的に無属性のものしかない。俺は魔法石を見せて属性武器を作ってもらったが、あれに気付いた人は、おそらくまだいないだろう。

魔法石の入手方法にはなかなか気付かないだろうし、俺が製作してもらえたのも、【話術】があったおかげだと思う。

「魔法の属性を持った武器を、自分で開発できたらかなり戦闘に幅が広がると思うんすよねー」

「それは確かに」

「だから試しに素材に魔法をぶつけながら打ってみたら、魔法武器になるんじゃないかと思ったんすけど……」

「バカなの？」

ついうっかり、本音が出てしまった。しかし本気でそう思う。炉に向かって魔法なんか撃ち込んだら、そりゃ爆発もするだろうさ。天才的な腕だと思ったが、やっぱり天才なんて人種はどこか常識外れだ。

「バカとはなんすか、バカとはー」

ぶーぶー言いながらほっぺた膨らませていたが、これは怒られるのも当たり前だ。良い子は絶対真似しちゃダメ、ってやつだ。

「いや、そんなんで属性武器が作れる訳ないだろう？」

「えっ？」

呆《あき》れながら指摘した。すると、不思議なことが起こった。彼女がピタリと動きを止めて、そのまま動かなくなったのだ。おかしいな？　急にどうしたんだ？

「あのー……？」

「今……」

「えっ？」

「今なんて言ったっすか？」

「なんて、って……」

「属性武器って言ったっすよね、魔法武器じゃなくて」

「あっ⁉」

まずい……。ここまで言われてなんとなく察しがついた。彼女はさっきから魔法武器と言っていた。おそらくこのゲームにおける名称がわからないから、仮にそう呼んでいたのだろう。

しかし、俺は属性武器と言ってしまった。これはつまり、俺が何か知っていると言ったに等しい行為だ。

しかもその後の対応が良くなかった。俺は今、思わず驚いてしまった。冷静になれば誤魔化すこともできたかもしれないが、これでは更に相手に確信を持たせてしまう。

「なんか知ってるんすね……？　魔法……じゃなくて属性武器の情報を……⁉」

◆◆◆

「………」

俺は無言にならざるを得なかった。それにしても迂闊だった。今は一般人モードだったから気を抜いていた。まぁ失敗は仕方ない、切り替えるとしても、この後の対応をどうするかだ。

情報を売ること自体は構わない。問題なのは、この《一般人》状態でばれてしまったことだ。

状況を整理しよう。現状で属性武器、ライトニングダガーを持ってるのは俺《ヤドカリ》ぐらいだ。もし彼女に情報を渡したとして、そこから俺と情報屋《カラス》が同一人物と結びつけて考えるのは難しくないはず。それで正体が広まったりしたら……まずいな。

「お願いっす！　どうか教えて下さいっす！」

「お、おい！」

そうこう考えてるうちに動きがあった。なんと彼女は土下座したのだ。なんとか頭を上げさせようとするが、びくともせずにその体勢を保っている。やはり鍛冶師だけあって、腕力が相当高いのか。

周りがざわざわと騒がしくなってきた。見回すと何人か怪訝そうな顔でこちらを見ている。ヤバい……！　目立つ行為だけは避けねば……!?

「わかったわかった！　ちょっとついてこい！」

教えるかどうかはさておき、とりあえずここを離れるのが最優先だ。

「ふぅ……危なかった……」

「で⁉　教えてくれるんすか⁉」

「………」

◆◆◆

鍛冶場の裏手から少し離れた路地まで連れてきたが……俺が足を止めるなり、再び土下座してきた。そのまま下を向いて喋っている。

極論を言ってしまえば、これはたかがゲームだ。それなのに、そこまで真剣に額を地につけることができるなんて……この人、なかなかの根性だな。周りに人がいないとはいえ、よくやるもんだ。いや、さっきは周りに人がいてもやってたな……。

「お願いっす！　どうしても知りたいんす！」

なんというか、このゲームに対する熱意みたいなものが見えた気がする。そう考えると、俺が打算的に感じるな……。

……もういいか。正体を隠してたのだって、聞き込みの際にメリットがあるからだし。バレたらバレたで、この自慢の速度を使って、みんなが買いたくなるような情報を実地で集めるだけだ。うん、そう考えたら気が楽になってきた。よくよく考えたら、そこまでデメリットがある訳じゃないな。

「……ちょっと待ってろ」

メニューを操作して、しまっておいたライトニングダガーと魔法石を取り出す。これでよし。

「そこまで言うなら、特別に教えてやってもいい」

「本当っすか!?」

ずっと顔を伏せたままだった彼女が、俺の言葉を聞くや否やガバッと頭を上げた。顔に希望が浮かんでるようだ。

「タダではダメだ。情報を買うなら教えてやろう」

「？　教える代わりにお金を払えってことっすか？」

「ま、まぁそうだな」

「了解っす！」

素直に従ってくれて助かった。とりあえずライトニングダガーと魔法石を見せてやった。もちろん入手の経緯も話した。ただし、魔法石の入手方法についてはまだ秘密にしておいた。

「ふおおぉぉ……！　ライトニングダガー……？　魔法石……？　こんなアイテムがあったんすか……!?」

感動したのか、膝立ちのまま二つのアイテムを掲げて打ち震えていた。……なんか宗教っぽくて怖いな。

「ありがとうっす……！　本当に感謝するっす……！」

「そこまで喜んでくれると、こっちも嬉しいがな」

すごい喜びようだった。俺の両手を握ってブンブンと振る。見ただけじゃ、どうやって魔法石を武器に加工するとか俺にはさっぱりだが、鍛冶師としては何かしらヒントになったようだ。

情報料として結構多めに払ってもらえたし、こっちとしても大満足だ。ただ……。

「なぁ、ちょっと頼みがあるんだが……」

「なんすか？」

「悪いけど、俺のことについては黙っててもらえないか……？」

「どうしてっすか？」

俺は事情を説明した。正体を隠して情報屋をやってることを。口止めが効果あるかわからないが、やれるだけのことはやっておかないと。

「そういうことっすか……。もちろんっすよ。そんな、言い触らしたりしないっす！」

「本当か……？」

「もちろんっす」

てっきり強引な人かと思ったけど、意外と親切ないい人じゃないか。口止めの代わりに、何か要求されてもおかしくないのに、特に何も求めてこなかった。

「あたしはあたしで、鍛冶師のプレイを楽しんでるっす。あなたも同じ、RP《ロールプレイ》で遊んでるのにそれを邪魔したりしないっすよ」

予想以上に人間のできた人だった。なのになぜ、炉に魔法をぶち込もうなんて発想が出てくるんだろうな……。

気を取り直して、せっかくだからフレンド登録しとこう、という話になった。隠す必要もないし、本名を教えることにする。

「あたしはキジトラ。見ての通りの鍛冶師っす」

「俺はカラス。情報屋の盗賊だ」

握手に応じた後、キジトラはにこりと笑っていた。

◆◆◆

さて、キジトラが鍛冶場に戻っていった後、俺はまだ路地裏に留《とど》まっていた。実は先ほどアーサー達から連絡が入った。

『約束の物が集まったから受け渡ししたい』

とのことだったので、ここで落ち合う予定となったからだ。なので、フル装備に着替えて、こうして待ち構えていた。今回は残念ながら、驚かすのは無理そうだな。

数分後、アーサー達が現れた。

「よう、約束の品を持ってきたぜ」

「確認させてもらう……」

メニューからアイテム交換の申請を出す。ここで便利なのは、アイテムと金銭を交換できるということだ。このシステムにより、交渉の際に片方が持ち逃げ、などのトラブルを防止できる。

ちなみに先ほどキジトラにアイテムを見せた時は、このシステムを使ってない。お金を受け取った後、メニューを使わずに直接アイテムを手渡しした。こうすることで所有者の認定が俺のまま、渡すことができたのだ。

さっきもし、仮にキジトラがアイテムを持ち逃げしてたら？　一定以上離れたアイテムは所有者のところに自動的に戻るシステムとなっている。だから安心して渡せた訳だ。

「よし、交渉成立だな……」

アイテムを受け取ったところで、以前言わなかった残りの情報を教えてやる。俺は言ってるそばから持ち逃げするような真似はしないさ。

これでフォールラビットの角は用意できた。後は魔法石を集めに行くだけだ。俺がさっさと森に行こうとしたその時……。

「ちょっと待ってくれ！」

「ん……？」

急に呼び止められた。振り向いて見ると、アーサーは真剣な表情でこっちを見つめている。後ろで控えるシロとウルルも同様の顔をしていた。

「どうした……？　まだ何か用か……？」

「頼みがある」

「ほう……」

これは予想外だ。向こうから頼みごとをしてくるとは。だが、これはむしろ正しいのではなかろうか。

「～が知りたい」から、情報屋の俺に調べてくれと頼む。本来はこれがあるべき形のはずだ。いよいよ俺も本格的に情報屋になってきたとワクワクしながら、次のセリフを待つ。

「とりあえず頼みとやらを聞こうじゃないか……」

「それは……」

「それは？」

「そのう……」

「はぁ」

少し俯いていたが、意を決したのかはっきり顔を上げた。そしてこっちをまっすぐ見つめてくる。

「俺達と……パーティを組んでくれ！」

「………………………………はい？」

◆◆◆

予想外過ぎて思わず素の喋りが出てしまった。てっきりもっと情報を集めてくれとか、そういう種類の頼みだと思ってたのに。

「落ち着け……なぜそうなる？」

とりあえず冷静に、いつも通り作った声で話す。

「さっきお前に言われて角を取りに行く時に、もう一回グランドベアと戦ってきたんだ。ついでにな」

「ほう」

正直、ついでが逆だろうとか、そんな片手間に倒せるのかとかツッコミを入れたいが、我慢しておく。

「だけど全然奴のＨＰが減らせなかった」

「そうだろうな……」

「それでその理由について、三人で話し合ったんだ。足りないものはなんだろうって」

まぁ、ここまでの話の流れはおかしくないな。しかし、足りないものか……。アーサーが剣士、シロが魔法使い、ウルルが僧侶。この構成でボスを倒すとなると、足りないのは……防御役、タンクじゃなかろうか。

「それで結論として、お前を仲間に誘おうって」

「待て」

「ん？」

「途中を省略し過ぎだ……！　どうしてその結論になる……!?」

意味がわからない。俺の職業は盗賊。分類で言えば、アタッカータイプだ。

「だって、倒せないのは火力が足りないからだろ？　だったら強そうな奴を誘えばいい！」

「どうしてそうなる……！」

「え？」

思わずツッコミを入れてしまったが、アーサーはキョトンとしていた。首を傾げながら、いい考えだと思うんだけどな、なんて呟いている。思った以上の脳筋な思考だった。つまり、やられる前にやってしまえ、と。そういうことか。

シロ達の方を見ると苦笑していた。呆れてはいるものの止めるつもりはないらしい。やはりアーサーがリーダーとして引っ張っていく方針のようだ。

だが、あながち間違いじゃないんだよな……。俺は徹底的にスピードに特化しているから、敵の攻撃に当たらず戦うスタイルだ。つまり敵の注意を引き付けながら回避する、いわゆる「回避タンク」の役割ができないこともない。全く意味合いは違うが、勧誘したのは正しいとも言える。

さて勧誘だが……パーティに入るかどうかって話なら、当然ノーだ。俺はソロプレイの情報屋だ。永続的に誰かと組み続けるつもりはない。だが……。

「一つ聞く……」

「おお、なんだ？」

「他にもグランドベアと戦っているプレイヤーを、見たことがあるか……？」

「あ？　あー……そういえば二、三回見たことあるな。結構あっさりやられてたけど」

やられてたということは、攻撃パターンに気付いてないか探ってる途中だということだ。おそらく背中の傷痕という弱点にも気付いてない。

おそらく攻略に一番近いのは俺だ。しかし……元々目立つのが嫌だからこいつらに攻略させよう、って考えだったが……。パーティで攻略すればいけるか？　攻略者の名前が公表されるとして、パーティ全員の名前が公表されるなんてことはないはず。せいぜいリーダーの名前ぐらいだろう。だったら、こいつらにくっついていってサポートするのもありかもしれない。

「いいだろう……ただし」

「ただし……？」

「今回限りの助っ人なら参加しよう……。グランドベアを倒す時だけの、な」

「うーん……ずっと仲間になるんじゃダメなのか？」

「ダメだ……。あと当然だが報酬はもらう……」

いわゆる傭兵のような感覚だ。アーサーはしばらく渋って説得を続けてきたが、俺は意志を曲げるつもりはなかった。それが伝わったのか、ようやく諦めたがかなり残念そうだった。俺のことをかなり評価しているらしい。ミステリアスに演出したのが、今回は裏目に出てしまったかな。

一応、討伐が終わったら成功報酬を頂く契約を結んだ。

「じゃあよろしくな！」

「ああ、よろしく……」

一応加入の約束はしたものの、こっちはクエストの途中だ。準備ができたら加入するということで、後ほど連絡することになった。

◆◆◆

「ふぅ……」

一旦ログアウトして一息つく。意外と長いことログインしていたようだ。もう結構夜遅くなっていた。さっさと寝る準備をしようと思ったが……。

「おや？　メッセージが入ってるな」

スマホのメッセージは福町の奴からだった。そういえばプレイに夢中でずっと忘れてたな。学校でも特に話しかけてこなかったし。

『よう、調子はどうだ？　ぼちぼちプレイしてるか？』

ああ……しばらくしたら一緒に遊ぶって約束してたな。だがまだ序盤も序盤だし、若干気が早い気もするが。とりあえず返信しとくか。

『まあ、割と自分のやりたいようにやってるな』

『俺も結構進めてるぜ！　今日なんかでかい熊に会ってな、即行やられたけど』

俺が送信すると、返事はすぐに返ってきた。グランドベアにやられたの、お前かい。

『それで、どうだ？　一緒に遊ぶ気になったか？』

『気が早過ぎだ。お互いにまだまだ初心者もいいとこだろ』

『そんなこと言わずに頼むぜ。こっちも色々言われてんだから』

『だから早いって。……言われてるってなんだ？』

『あ、いや、なんでもない！　気にすんな！』

あいつは何を言ってるんだ？　なんか会話が噛み合ってない気がするが……この様子からすると詳しく話すつもりはなさそうだ。

『とにかく、遊ぶのはまだまだ先ってことだな？』

『そうだな。気長に待ってろ』

俺としては、もう少しレベルや装備が上がってから合流したい。格好つけたいというか見栄を張りたいし。

メッセージのやり取りが一段落したところで、部屋のドアがノックされた。といっても、ノックしてくる人は一人しかいない。

「どうぞー」

「ひーちゃん、今いい～？」

案の定、よーちゃんだった。別の人が入ってきたらホラーだがな。よーちゃんは既にパジャマに着替えており、完全に寝る前の体勢だった。

「どうかした？」

「あのね～」

「うん」

「えっとね～」

「うん」

いつも通りの、人によってはイライラしてしまいそうなのんびりした喋りで話しかけてくる。弟だからなのか、俺は不思議とイライラしないが。

「実は買っちゃったの～」

「何を？」

「ひーちゃんがやってるゲーム～」

「…………『ビリオン』を買ったの？」

「そうなの～」

「ええぇぇぇぇ!?」

今年に入って一番の衝撃だった。あの、のんびりやの姉が自分からゲームを買うなんて。しかもMMORPGだぞ。

「よく買おうと思ったね？」

「うん～。これならひーちゃんとも遊べると思って～」

「よーちゃん……」

やっぱり俺がゲームに夢中になってたからか。中学からずっとそうだったし、寂しい思いをさせてたのかな。そこまでしてもらっては俺も黙ってられない。

「わかった……！　そういうことなら一緒に遊ぼうか！」

「ううん～」

「ううん……ってなんで!?」

それが目的のはずなのに、なぜ俺は誘いを断られているのだろうか。

「だって～、私は初心者なんだから、いきなり一緒に遊んでもひーちゃんに迷惑かけちゃうでしょ～？」

「そんなことは……」

気を遣ってあげたいが、ないとは断言できないのが俺の悲しいところだ。

「だから～、まず友達と一緒にやることにしたの～」

「えっ？　えーと、つまりその人と一緒に遊んで、慣れたらってこと？」

「そうそう～」

……なんか、寂しさをまぎらわすという最初の目的と微妙にずれてる気がするが。まぁ、本人は楽しそうだし、指摘するのもあれだな。

「わかった。じゃあ待ってるからね」

「うん、待っててね～」

第三章　ボスバトル

「確かに受け取ったよ」

　俺は再び薬局を訪れていた。コツコツ大森林で狩りをしまくって、魔法石を必要数集めることになんとか成功した。ライトニングダガーと雷魔法を駆使すれば、思ったよりも早いペースで進み、なんとか一日で集めることができた。

　途中から若干作業みたいになってきて、心が死にそうだったが…………いやいや、RPGの基本は作業をいかにこなせるかだ。こんなことで心折れてどうする、俺。

「じゃあ、これが報酬の魔法弾さね。受け取りな」

　軽く思い出して悲しくなっていたところに、約束の品が出された。魔法弾を十発分。報酬としては少ないが、高威力のアイテムだと思えばいい方だろう。ただ、どれほどの威力かは実戦で試してみないとわからない。無駄撃ちはできないし、タイミングを慎重に見極めないとな。

「ありがとうございます」

　受け取った魔法弾をアイテムボックスにしまい込むと、早速待ち合わせの場所へと向かった。

◆◆◆

「待たせたな……」

街の正門前に行くと、そこには既に三人とも集合していた。アーサー、シロ、ウルルの三人だ。

……むしろ三人一緒にいるとこしか見たことないな。

「遅いじゃない」

「ま、まぁ落ち着いて、ね？」

予想通りというか、必然のごとくシロはツンツンした態度を取り、ウルルがそれを宥めている。

性格的にだいぶ違うけど仲がいいよな。

「よし、じゃあさっさと行こうぜ！」

今日は約束の日。グランドベア討伐に向かう日だ。調べたところ、これまで何組かグランドベアに挑戦はしている。だが奇跡的に討伐成功したパーティはいない。つまり俺達が一番乗りする大チャンスだ。合流すると、そのまま大森林へと入っていく。

「『スラッシュ』！」

「『ファイアボール』！」

ところどころモンスターが出てくるものの、特に苦戦することもない。アーサーもシロも一撃で倒せていた。やはりなかなかレベルも上げてあるようだな。その分、回復役のウルルは手持ちぶさたというか、やることがなくてオロオロしていたが。

まぁ進むこと自体には全然問題はない。ないのだが……。

「（遅いな……）」

進行速度がかなり遅い。なんというか、のんびり歩いているかのように感じる。だが、そう思っているのは俺だけのようだ。先頭を歩くのはアーサーだが、特に誰も気にしていない。短気そうに見えるシロが文句を言う素振りも見せないのが、その証拠だ。

本当は原因はわかってる。みんなが遅いのではなく、俺が速いんだ。速度特化の影響が顕著に出ている。システムの補正により、体がすごく軽く感じるからだ。俺が錯覚しているだけで、彼らは別に普通の速度で歩いているんだ。

「なぁ、カラス」

不満というほどでもないが、小さなストレスを抱えながら歩いていると、先頭を歩いていたアーサーが振り返って話しかけてきた。ちなみに俺は最後尾におり、女子二人を挟むように行進していた。

本来は盗賊の俺が斥候役というか、先行して偵察の役目を担わなくてはならないんだが……まぁここならそこまで厳密に警戒する必要はないだろう。全員初見で入る訳じゃないし。

「どうかしたか……？」

「ちょっと聞きたいことがあるんだ」

「聞きたいこと……？」

「ああ、お前自身のことなんだけど」

俺自身のこと……？　あ、そういえば【偽装】があるから、ステータスも不明にしてあったな。

それに関することかもしれない。

「情報料は払えるんだろうな……」

「金を取る気か⁉」

試しに冗談を言ってみたら、突っ込まれたというより本気で驚かれていた。いや、女子はやり取りを見てクスクス笑っていたから本気にはしてないだろう。恐れられてると思っていたが、少しは打ち解けられたかな？

「冗談だ……」

「冗談かよ、たくっ……。じゃあ聞くぞ？」

「いいだろう……」

「使う武器は？」

「短剣だ……」

「魔法は？」

「初級ならいくつか……」

「得意な戦い方は？」

「速度を活かしたやり方だ……」

「職業は？」

「秘密だ……」

「なんでそこだけ秘密なんだよ⁉」

そんな大げさに驚くなよ。だって、その方がかっこいいだろ？　他のことは戦闘すればすぐにわかってしまうことだし。

「まぁまぁ、アーサー落ち着いて、ね？」

「そうよ。それより他に話すことがあるでしょ？」

「あ、ああ……」

多少興奮していたが、女子二人に宥められて落ち着いたようだった。

「パーティの連携についてと、グランドベアの攻略のことか……」

「その通りよ」

俺達は今日組んだばかりの、いわゆる野良パーティに近い編成だ。職業としては全員バラバラでバランスはいいが、それぞれ適当に戦っては意味がない。

俺自身は、パーティで最も重要なのは、決めた役割を果たすことだと思っている。もちろん個々の能力が高い方がいいのは当たり前だが、役割をきっちりこなしてこそ真価が発揮されるものだ。これはゲームに限らず、チームプレイはなんでもそうだろうと思う。

「俺とカラスが前に出て、シロとウルルが後ろから援護でいいだろ？」

アーサーがすぐに返してくる。彼の言ってることはシンプルだ。前衛職が敵を引き付けて、後衛職が援護や遠距離攻撃を行う。基本的な戦術と言えるだろう。それに対し、シロはため息をつく。

「あんたねぇ、それだけじゃ大雑把《おおざっぱ》過ぎるのよ。細かいところまで決めておくのが基本でしょう？」

「実際に戦ってみたら、細かいことなんて忘れちまうって！　状況に合わせて、その時考えりゃいいんだよ。臨機応変ってやつだ！」

「あんたのは臨機応変じゃなくて、行き当たりばったりって言うのよ！　それで何回試しても上手くいかなかったじゃない！」

「そんなこと言ったって、ややこしいパターンとか覚えきれねーし……」

「少しは覚える努力しなさいよ⁉」

アーサーとシロの口論が白熱していく。会話だけ聞くと怒ってるように聞こえるが、二人からはそういう雰囲気は見受けられない。これもまた、喧嘩するほど仲がいいことを表しているのだろうか。

とはいえ、どちらの言うことも正しくてかつ間違っている。細かいパターンは必要だし、臨機応変さも必要だ。

ふと、言い争いには参加せずオロオロしている小柄な僧侶に目を向ける。

「お前は参加しないのか……？」

「ひゃいっ⁉　なんですか⁉」

いきなり話しかけたので驚かせてしまったようだ。ビクッと身を強張《こわば》らせている。まぁ、跳び上がるほどという比喩《ひゆ》ではなく、実際に跳び上がっていたのは流石に驚き過ぎだと思うが。

「二人の会話に参加しなくていいのか？　と聞いている……」

「ご、ごめんなさい！」

「別に謝らなくていいが……」

「すみません……」

慰めたつもりだったが、萎縮させてしまった。どうやら、とことん怖がられているようだ。初接触の際に脅かし過ぎたかな。

◆◆◆

「だから！　どういう攻撃が来たら避けるか防ぐかを考えておくべきでしょ！」

「心配ないって！　その時になったら勘で避けりゃいいんだから！」

俺がウルルを宥めているのを他所《よそ》に、二人の口論は更にヒートアップしているようだった。

「心配するな……。今回は俺が防御役《タンク》をやるからな……」

「「え？」」

とりあえず流れを断ち切る為に、防御役について宣言する。それを聞いた三人は、みんなポカンとしていた。

「あなた、さっき速度に自信があるみたいに言ってたけど、もしかして耐久にも自信がある訳？」

「いや、速度だけだ……」

「それでどうやって防御役やるのよ!?」

怪訝そうな顔で質問してきたシロに、淡々と返す。少しは落ち着くかと思ったが、かえって感情が昂《たかぶ》ってしまっていた。アーサー達も不思議そうにしている。俺もつられて首を傾げる。もしかして、三人は回避タンクについて知らないのか？

通常、タンクとは敵の注意を引き付けて攻撃を受けつつ、味方に被害が行かないようにする囮役《おとり》のことを指す。だから当たり前だが、攻撃力を受ける為には防御が高いのが基本だ。

だが別のパターンとして、速度を上げることで攻撃を回避し、ダメージを減らす場合がある。それが回避タンクだ。タンクは防御系が主流とはいえ、回避系がいない訳ではない。

それらの概念について、移動しながら三人に詳しく説明してやった。

「へぇー！　そんなやり方があるのか！」

「知らなかったわ……。基礎知識は調べてたつもりだったけど、まだまだ知らないことがあるのね……」

「す、すごいです……！」

三人はそれぞれに感心してくれているようだった。俺としてはよく知る常識みたいなものなので、少々照れくさい。

「だから、アーサーとシロは基本は攻撃に専念していい……。大技が来る場合を除いてな……」

一応、俺の知る限りのグランドベアの攻撃パターンと、弱点について教えておく。パターンはあんまり多くないし、一通り覚えるのは難しくないだろう。

打ち合わせが終わったところで、森の奥までたどり着いていた。いよいよ本番といったところか。

少し開けたところに出ると、お目当てのグランドベアを見つけた。体を丸くして寝転んでいる。

「準備はいいか……？」

三人の方を振り返って、最後に確認を取る。なんだか俺の方がリーダーっぽくなってしまっているな。

「おう！」

「いつでもいいわ」

「だ、大丈夫です……」

三者三様だが、肯定の返事を返してくれた。今さら確認するまでもなかったかな。

「よし、俺から行くぞ……！　おりゃあぁぁぁぁ！」

アーサーが剣を両手で握り締め、頭の上まで振りかぶる。そして、掛け声と共に走り出す。そのままの姿勢でグランドベアまで瞬時に近づくと、一気に剣を振り下ろした。

「グルァァァァァ!?」

回避されることもなく、斬撃は完璧にクリーンヒットした。思いきり背中を斬りつけられたグランドベアは、思わず苦悶《くもん》の声を上げる。それが戦闘開始の合図だった。

◆◆◆

「『スラッシュ』！」

「『ファイアボール』！」

戦いは優勢というか、順調に進んでいた。当初の作戦通りの陣形で攻防が行われている。

アーサーが近づいて斬りつけ、シロが遠距離から火魔法を叩き込む。アプローチは真逆だが、どちらも確実にグランドベアに命中している。

だが、当然危険も伴う。ダメージを受けたことでグランドベアは攻撃してきた二人のことを認識していた。アーサーの方に顔を向ける。手の爪を揃えて、腕を大きく振り上げ攻撃の体勢だ。この場合、近くにいたから狙ったのか、ダメージ量で狙ったのかはわからないが、おそらく後者だろう。アーサーに狙いを定め、攻撃を繰り出そうとする。

「ふっ……！」

俺も黙って見ているばかりではない。攻撃を繰り出される前に、持ち前のスピードを活かして回り込み、何度も何度も斬りつけを行う。ステータスの速度が上昇したことで、移動速度だけでなく攻撃の速度も上がっている。だから短時間のうちにかなりのダメージを出すことができる。

RPGの戦闘においては、ヘイト値と呼ばれるシステムが採用されることが多い。要するに複数人のプレイヤーがいる場合、モンスターが誰を狙って攻撃を行うかを決定するシステムのことだ。

戦闘中、目には見えないヘイト値という値が各プレイヤーには設定されている。これはプレイヤーの行動によって変化するのだが、ヘイト値が高いプレイヤーから優先的にモンスターに狙われるようになっている。

そして、ヘイト値が上がる行動としては高いダメージを出すことや回復などの支援行動を行うこと、そしてヘイト値を上げる特定のスキルを使うことが挙げられる。

今回の場合、アーサーやシロが攻撃したことでヘイト値が上がり、グランドベアはそちらを狙ってくる。だが、俺が防御役なので、なんとかこちらに注意を向けなければならない。その為、より多くのダメージを稼いでヘイト値を上げようとしているのだ。

これが、騎士や戦士といった防御が本職のジョブならば、【挑発】などのダメージを与えないがヘイト値を上げるスキルを使うところだが、残念ながら今の俺にはない。だからこうして地道にダメージを稼いで、他の人のヘイト値を上回るしかないのだ。

案の定、グランドベアの矛先はアーサーではなく、ダメージを与え続けた俺へと変わった。こちらに向かって熊のパンチが飛んでくる。かなり速い。普通に受けたら吹っ飛ばされるかもしれない。

だが俺には少し速い、程度にしか感じられなかった。腕の動きからパンチが来るだろう軌道をある程度予測する。そして予測地点から少し横にずれる。

紙一重の距離でかわせたら、消耗しなくて済むしカッコいいだろうが、まだまだそこまでの境地には達していない。せいぜい人間一人分くらいの距離を取って回避した。ブオン、と大きな風切り音と共に、グランドベアの腕が俺の横を通過していく。わずかながら風圧を感じる。

「大丈夫かー⁉」

アーサーが心配したのか、向こうから声をかけてくる。無理もない。やはりボスモンスターだけあって、攻撃の一つ一つが重く、強い。一撃必殺とまではいかなくても当たればひとたまりもないだろう。俺は何か言う代わりに、空いている左手を軽く挙げて応えた。

再び、アーサーが斬りつけにかかる。シロは火魔法だけでなく水魔法、風魔法と手を替えて攻撃を放つ。魔法の再使用時間《リキャストタイム》を少しでも無駄にしない、基本的な戦術だ。

さて、戦術としては今のところ上手くいっている。俺は防御役の役割を果たせているし、攻撃役も順調だ。唯一ウルルだけがやることがなくて、立っているだけだがこれは仕方ない。基本は回復役だから、ダメージを受けない限りすることがない。俺が攻撃を引き受けているのでアーサー達は無傷だし、俺も回避に成功しているので、ダメージはない。

細かいことを言えば、たまに攻撃がかすってＨＰが減るのだが、そこは回復させるほどのダメージ量ではないだろう。

◆◆◆

徐々にではあるが、グランドベアのＨＰ表示が減っていっているのがわかる。ちまちました戦いだが仕方ない。

欲を言えば弱点である古傷を狙いたいところだが、これがなかなか難しい。アーサー達のスピードは標準レベルなのでそこまで速くはない。つまりウロウロと動き回るグランドベアのスピードに完全に対応しきれていないのだ。

一応、弱点を晒すタイミングはある。遠距離攻撃である爪飛ばしを発動させたタイミングだ。だが、これは標的である俺達全員が一定距離まで離れないと使ってこない。また、離れれば必ず使ってくる訳でもない。

したがって、まずアーサーとシロが攻撃を仕掛ける。ヘイト値が上がったところで、俺が攻撃しそれを上回る。俺に攻撃が来たところでかわす。アーサー達はその隙に距離を取る。これが基本だ。

爪飛ばしを使ってくれば、回避しつつ背中側へ回り込む。動きが大きいので、事前にわかっていれば避けるのは難しくない。ただ、これは範囲攻撃というか、パーティ全体を狙った技なので、各自でなんとか避けるしかない。防御役もあんまり意味がない。

爪飛ばしを使ってこなければ、再び全員で近づいて総攻撃をかける。これが現在の基本サイクルだった。

「うおぉぉぉ!?　危なっ!?」

「来るのはわかってたでしょ!?　もう少し余裕を持って避けなさいよ！」

……シロは理論派というか、きちんと戦術を理解している。それに対し、アーサーは勘というか、「なんとなく」の感覚でやってるから若干危なっかしい。大きなダメージは受けていないし、ウルの回復のサポートが安心できる要素なんだろうが、少しは考えてやって欲しい。俺の仕事、というかフォローが増えてしまうから。

とはいえ、今のところ順調には変わりない。こちらの消耗に比べて、グランドベアは確実に弱っている。このまま行けば大丈夫だろう。

「ん……？」

だがそう思っていた矢先、状況が変わった。最初に感じたのは「空気」だ。特に何か目に見える変化があった訳じゃない。だがなんとなく、何かが違うというか違和感を覚えた。……アーサーの野生の勘が感染《うつ》ったか？

考えながらも動きは止めてない。きちんと攻撃を加え、注意を引き付け、反撃をかわしている。

グランドベアのＨＰもどんどん減っていっている。目算だが、もうゲージの三割は切るくらいだろう。

そして、実際に三割を切った瞬間、異変は起きた。ＨＰゲージが通常を表す緑色から注意を表す黄色へと変わる。それに反応してか、グランドベアは立ち止まり、両腕をだらんと下に下ろした。そして俯いたまま動きが止まった。

「なんだ……？」

「止まったわね……」

「倒した、ってこと……？」

「……」

いや、ＨＰが残っている以上それはない。だが様子がおかしいのは事実だ。こっちも全員警戒して、自然と動きが止まった。

呆然《ぼうぜん》と見てるうちに状況は動いた。グランドベアの全身が変化していく。じわじわと毛皮の色が赤くなっていく。

「な、なんだ……!?」

アーサーの震えた声が響く。無理もない。これがやばいのは知識がなくてもわかる。全身が赤くなったところで、グランドベアは顔を上げた。

「グルルルル……グルァァァァ!!」

「「「っ!?」」」

雄叫びが俺達に突き刺さる。全身がビリビリ震える感じだ。全員、思わず武器を前に構えた。

「どうやらここからが本番らしいな……」

「ど、どうするの……!?」

HPが一定以下になると、強化されるタイプのボスだったらしい。たまに見かけるパターンだ。

しかし、最初のボスでこんな仕掛けがあるとは、運営側もなかなか意地が悪いことだ。

やることは変わらない……と言いたいところだが、そうはいかない。今までは通常状態のグランドベアの行動パターンしか知らなかった。だが、ここからは見たところ激怒状態だ。そうなると行動パターンが変わっている可能性がある。攻略が通用しないかもしれない。……仕方ないな。

「とりあえず俺が観察に入る……。お前らは防御中心で立ち回れ……。攻撃は最低限でいい……」

ひとまず三人に指示を出しておく。経験から言うと、激怒してるようなモンスターは攻撃力が上がる場合が多い。なので様子見には防御がベストだ。

「わかった！　お前も気をつけろよ！」

声を背に受けつつ、一歩前へ踏み出す。さてさて、どんなものか見極めさせてもらおうかな。

◆◆◆

「くそっ……！」

あれから何分経過しただろうか。俺は回避するばかりで攻めあぐねていた。観察してわかったこと、それは攻撃パターン自体は変わってないということだ。攻略法自体は今までと同じでなんとかなる。

だが難易度はかなり上がっていた。それは単純に速くて重いからだ。一撃の重さ、そして速さが先ほどまでとは段違いだ。回避はなんとかできるが連撃で来る為、こちらがなかなか反撃に繋げられない。

そしてグランドベアの切り替えが速い。アーサー達が攻撃すると、すぐにそちらを標的に動き出す。なので、俺の方へ引き付けるのも一苦労だ。引き付ける前にアーサー達へ攻撃が飛んでいく。特にシロなんかは一撃当たるだけでも大ダメージになるので回復が必要になってくる。MPを温存しておいたはずのウルルが、回復に追われてだいぶ消耗してしまう有り様だ。はっきり言って、戦局は割と不利だった。

「おい、どうする⁉　このままじゃ、負けるんじゃないか⁉」

「完全に押されてるわね……！」

言う通り、このままの状況が続けば負ける可能性は上がってくる。悪い流れを断ち切るには、何か賭けに出るしかない。

「仕方ない……。一か八かだ……」

俺は回避しながらも、なんとか作戦を三人に伝える。最初は驚いていたが、納得したようだった。

俺達は一旦合流して、四人で固まった。そして、グランドベアから全員で大きく離れる。

「来るぞ……！」

グランドベアは大きく両腕を真上に上げ、そのまま勢いよくこちらに向かって振り下ろす。爪飛ばしだ。

だが、あらかじめわかっていた俺達は、腕を振り上げた段階で左右に向かって分かれて走っていた。右側に俺とウルル、左側にアーサーとシロだ。グランドベアが腕を振り下ろすのを横目に背中へと回り込む。後はやるだけだ。

「『スラッシュ』……！」

「『ファイアボール』！」

「『ソードスマイト』！」

作戦なんて大げさに言ったが、やることはシンプルだ。調べた通り、弱点を狙ってアーツを三人で叩き込む。それだけだ。

「グオオォォォォォォ!!」

アーツの同時攻撃が古傷へと刺さる。グランドベアが仰け反ると同時に、ＨＰが急激に減っていくのがわかる。減っていったゲージは勢いのまま、最終的に空になった。グランドベアの全身にヒビが入り、動きが止まる。そして次の瞬間、ガラスが割れるような音とともに砕け散った。破片は空中へと消えていき跡形もなくなった。よし、やっと討伐完了だ。

……奇《く》しくも、最初にアーサー達がやられた爪飛ばしの隙でとどめを刺せたのは、意趣《いしゅ》返しになったのかな。

◆◆◆

「よっしゃー！」

「やったわ！」

「う、うん……！」

討伐が成功したのを見届けた三人はテンションが上がって抱き合いながら、跳びはねていた。こういうところがリア充っぽいな。

対して俺は、一歩退いたところから三人の喜びようを眺めていた。向こうは達成感のあまりテンションが上がっているのだろうが、俺は安堵《あんど》して力が抜けるタイプだ。流石にへたり込んだりしないように、全身に力は入れているが。

『レベルが8に上がりました』

『レベルが9に上がりました』

『レベルが10に上がりました』

頭の中に通知の声が次々響いてくる。流石ボスモンスター、一気に経験値が入ったようだな。ガンガンレベルが上がっていく。と、最後に聞き慣れない通知が入った。

『転職が可能になりました』

おお、ついに転職が可能になったか……！　楽しみにしていたが、とりあえず今は後回しだ。

アーサー達と別れてからじっくり確認することにしよう。

「見て、何かドロップしてるわよ！」

いくつかアイテムらしきものが散乱していた。爪だったり毛皮だったり様々だ。すぐに頭の中で勘定を行う。これだけあれば、一つくらいは俺がもらえるだろう。ボスモンスターのドロップだけあって貴重な物のはず。たとえ、俺にとって使えないアイテムだったとしても、充分需要はある。売り払って資金にするもよし、誰かと交渉の際に手札の一つにするもよし。夢が広がるな。

それでも、できれば汎用性《はんよう》の高いアイテムを取りたいところだが……その辺の交渉に話を持っていくにはどうしようか。色々企んでいたものの、思わぬ発言を耳にした。

「今回、一番働いてたのはカラスだし、お前から好きなアイテム取っていいぜ？」

意外だった。アーサーの提案に二人とも頷いている。ドロップの分配で揉めるのはよくある話だが……なんだか拍子抜けだな。

どれにしようか……毛皮に爪に牙に……これはもしかして魔法石か？　さて、どれを取るのが角が立たないか。うーん……魔法石は貴重だろうし、まずい気がする。毛皮は防具に使えそうだが、今は防具に困ってない。となると爪か牙だが……どちらもあまり変わらなそうだな。

「なら、牙をもらおうか……」

小さい牙だが何かに使えるかもしれない。ドロップはこれでいいとして、この後のことを話しておかないとな。

話をしようとした瞬間、驚いたことに盛大なファンファーレの音が鳴り響いた。俺達の上空、グランドベアがいた辺りの真上に半透明のボードのような物が浮かんでいる。さっきまではしゃいでいたアーサー達も、呆然と見上げていた。そしてボードにメッセージが表示され始めた。

『おめでとうございます！【大森林】のボスモンスターを討伐したことで、新たな街へのルートが解禁となります！』

『以降、ボスモンスターは弱体化されます』

『このお知らせは全プレイヤーに向けて通達されます。初回討伐パーティを登録しますので、パーティ名を入力して下さい』

やはり予測していた通り、第二の街に行けるようになるらしい。しかも俺達が初めての討伐だったことで、記録されるという記念のおまけ付きだ。

アーサーの手元にキーボード画面のようなものが出現した。一応リーダーだからな。

「どうする……？」

アーサーがぐるりと見回すが、全員首をひねって考えている。

「よし、じゃあアーサーズだ！」

「なんであんたの名前なのよ!?　却下よ、却下！」

「ふ、普通にパーティ1とか……」

「個性がなさ過ぎだろ！　却下だ！」

「魔女の館なんてどうかしら？　カッコいいでしょ！」

「そ、それだと全員魔法使いみたいに聞こえるんじゃ……」

……本当にろくな案が出てないな。ネーミングセンスがない。まぁ人のこと言えるほど自信ないので、黙ってるが。

「カラス、なんかいい案はないか？」

とか考えてるうちに、こっちにも振られた。仕方ない、何かしら意見を出さないと。

しかし名前ね……。うーん……アーサー……アーサー王……。アーサー王と言えば、有名なのは円卓の騎士か……。ならば騎士団とかか？　……なんか違うな。

「三人のイニシャルを取ったらどうだ……？」

苦し紛れではあるが、一応意見は出しておく。まぁそのまま採用にはならないだろう。ここからヒントになれば……。

「おお……それいいな！」

「まぁ、少しはましね……」

「いいと思います……」

……予想外に採用されてしまった。正直、適当に近かったんだがな。まぁ、ある意味他人事なので、別になんでもいいが……。

俺を尻目に三人で盛り上がっている。最終的にパーティ名は三人のイニシャルを取って『うさぎ《USA》団』となった。俺のイニシャルも入れようと言われたが、名前を公表したくなかったので全力でお断りさせてもらった。

「よし、じゃあ入力するぞ……！」

キーボードでアーサーが名前を入力していく。完了を押すと、全員に聞こえるように通知の声が届く。

『パーティ『うさぎ団』が【大森林】のボスモンスターを討伐しました。新たな街へのルートが解禁されます』

おそらく、この声は全プレイヤーに向けて届いているのだろう。通知が終わると同時に、アーサー達が俺に向き直る。

「本当に助かったぜ、ありがとな」

「そういう契約だからな……」

あくまでクールな態度を崩さないように、意識して話す。

「なぁ、やっぱり正式にパーティに入らないか？」

一緒にやった方がこれからも楽しいぞ、と続けてくる。

それを受けて少し考える。パーティでの連携戦闘は正直楽しかった。このゲームを始めてからはずっとソロだから、久しぶりだったし。……だが、それでも情報屋をやめるほどではないな。

「悪いな……」

俺の返答に対し、やんわりと笑っていた。断られるのは承知の上でダメ元で誘ってみたのだろう。笑ったままアーサーは右手を差し出す。俺は出された右手をしっかり握り締めた。

その後、アーサー達とはそこで別れた。三人は街へ戻るそうだ。帰らないと言ったら不思議に思われていたが、俺はまだ狩りを続けると言ってごまかした。

もちろん、本命の目的はこの後の水馬の討伐だ。

第四章　エクストラボスバトル

その前に確認しておくことがある。まずはポーションを飲んで、さっきの戦闘で減った体力を回復しておく。……もったいないから、さっきウルルに回復魔法をかけてもらえば良かったな。

メニュー画面を展開し、目当ての項目を検索していく。……見つけた。

『転職が可能です』

これだこれだ。さっきの戦闘で一気にレベル10に達したので、おそらく可能になったんだろう。今の職業は盗賊だからその派生形になるはず。事前にネットで見た情報だと、転職の方向性はステータス、所有スキル、更に今までの行動によって決まるらしい。だから、一見似たようなステータスとスキルの持ち主が二人いても、全く別の職業になることがあるらしい。

情報を思い出しつつ、転職先の項目を開いていく。

山賊
山間部に潜み、集団で標的を狙う盗賊。
腕力が強く、パーティメンバーに影響を与えるスキルを持つ。

義賊《ぎぞく》
金品を盗み出し、民衆に分け与える盗賊。
戦闘時のドロップ率と速度が高くなる。

忍者
影に生き、諜報活動を得意とする密偵。
速度が上がり、独特なスキルを持つ。

転職できる候補は全部で三つか……。今までの行動から候補が選ばれたってことは、順に考えていこう。
まず山賊はなしだ。腕力が強くなるのはありがたいが、パーティをサポートするスキルはあんま

り必要ない。今のところ組む予定もないし、組んだとしても一期一会《いちごいちえ》の関係が理想的だからな。あと、なんとなく山賊ってパワータイプなイメージだから合わない。よって山賊は選びたくない。

次に義賊だが……。速度が高くなり、ドロップも出やすくなるのはかなり条件がいいな。だが義賊だと……なんというか無償で行動するイメージというか、ボランティア精神に溢れた人のイメージなんだよな……。歴史上の話から言っても、鼠小僧《ねずみこぞう》とか名前が有名になってる気がする。有名になるのはあんまりよろしくない。義賊はダメではないが、良くもないって感じだな。

最後に忍者だ。忍者ねぇ……イメージ的には情報屋に一番近いんだよな……。忍者って言ったら、暗殺者みたいに思われがちだが、実際は潜入や情報集めが主な仕事だったって聞くし。そう考えると、悪くない気がする。独自のスキルというのも、なんか引かれるものがあるしな。

「考えてみたけど、俺に合いそうなのはやっぱり忍者だろうな」

そうと決まれば早速転職といこう。項目の中から忍者を選択し、決定ボタンを押す。

『一度転職すると、やり直すことはできません。この職業でよろしいですか？』

念押しの言葉が表示されるが、俺に迷いはない。選択肢はあってないようなものだったし。イエスを選択すると、メニュー画面が自動で消える。そして自分の体がうっすらと光っているのがわかる。

『転職を実行中……』

『職業【忍者】への転職が完了しました！』

『スキル【短剣】は【忍刀】に変化しました！』

『スキル【加速】は【縮地《しゅくち》】に変化しました！』
『スキル【投擲】は【手裏剣】に変化しました！』
『スキル【火魔法】は【火遁《かとん》】に変化しました！』
『スキル【水魔法】は【水遁】に変化しました！』
『スキル【風魔法】は【風遁】に変化しました！』
『スキル【土魔法】は【土遁】に変化しました！』
『スキル【雷魔法】は【雷遁】に変化しました！』

転職が完了すると同時に、目まぐるしい勢いでスキルが変化していく。今までの入手と違い、変化だ。元のスキルがなくなり、新たなスキルへと変わる。

しばらくして通知がピタリと止《や》んだ。次々変化していくので、聞き逃したかもしれないので確認しておかないと。

再度メニュー画面を開き、スキルを一個ずつ確認していく。名称が変わっただけかと思いきや、微妙にスキル内容が変わっていた。

まず【忍刀】に変わったことで、アーツの『スラッシュ』が使えなくなっていた。まぁ、ライトニングダガーの装備は外れてないので、戦うことはできるだろう。だが装備の変更は必要だな……。

【縮地】は実際に使ってみたが、微妙に変わっていた。感覚的なものだが、なんとなく動きが滑らかになったような気がする。発動中見えている景色が、【加速】の時よりも流れるように見えるというか……。より、自然な動きができそうだから、連続攻撃とか使いやすいかもしれない。

「次は【手裏剣】だが……おおっ？」

文字通り手裏剣を投げるような動きで、遠くまでアイテムを投げられた。【投擲】がボールを投げるような動作だとすれば、【手裏剣】はフリスビーやブーメランを投げるような感覚かな。以前より軽い力で投げられるようになったが、せっかくだから専用の武器が欲しいな。

あとは魔法系スキルだが、基本的な『ファイアボール』や『ウォーターボール』といったアーツではなくなっていた。代わりに『火弾』や『水弾』などのアーツを修得していた。最初は名前が変わっただけかと思ったが、違っていた。ボール系はボールだけあって球状の攻撃なのに、火弾や水弾は形が円錐形《えんすい》だった。譬えるならドリル型の攻撃だろうか。別に回転しながら飛んでいく訳じゃないが、標的に刺さるように飛んでいくのは間違いない。

「とりあえずスキル系は一通り確認したから、あとはステータスかな」

ステータスを開くと、各項目がリセットされ初期状態となっていた。今までレベルが上がる度に振り分けていたポイントが全部戻されて、振り分け前の状態だ。だが初期状態にといっても全ステータスが横並びではなく、速度と知力が頭一つ抜けて高かった。これが忍者の特徴なんだろう。

「じゃあどうするかな……」

せっかく初期化された訳だし、これからの育成方針について少し考える。盗賊の時は速度特化で回避しながら近づいて斬りつけるスタイルだった。忍者になったなら、新たに方針を決めなくては。

……数分ほど考えたが、なんとか決まった。

俺はステータス中からポイントを選び、速度と知力に振り分けて徹底的に上げていく。忍者というからには様々な「術」が修得できるかもと思ったからだ。なんの確証もないが、忍者の説明文からいってそうだろうと思っている。新しい戦闘スタイル、目標は高速移動しながら魔法を撃ち込む、移動砲台のようなスタイルだ。

さて、転職は完了したものの、今度は装備品が心もとない。予定ではこのまま森の奥まで行って、水馬と再戦するつもりだったが……一旦装備品を整えようかな。俺の機動力を持ってすれば、大して時間はかからないはず。

振り向いて街の方を向き、跳躍して木の枝に跳び乗る。そのまま枝から枝へ跳び移っていく。届きそうにない距離の場合は瞬時に【縮地】を使って飛距離を稼ぐ。これは速いし、いい訓練になりそうだ。

◆◆◆

「キジトラ、いるか⁉」

街へ戻ってきて早速、鍛冶場へと飛び込んだ。事前連絡することも考えたが、その手間も惜しんで走ってきた。慌てて捜すもキジトラは以前と同じ隅っこにいた。目を丸くしてこちらを見つめている。良かった、これでもしいなかったら完全に走り損だった。……ボスを倒したことで、俺も少し熱くなってたかな。

「な、何事っすか？　あたし、次の街に移動しようと思ってるんすけど……」

「その前に頼む！　装備を作ってくれ！」

アイテムボックスからライトニングダガーを取り出し、押し付ける。

「これ……！　この前見せてもらったレア装備じゃないすか!?」

「そうだ、これを材料に打ち直してくれないか？」

「ええ!?」

スキルが【短剣】でなくなった以上、こいつは充分に使いこなせない。だったら他の使い道を探るべきだ。

「ちらっと耳にしたんだが、武器を更に強化する方法ってのがあるんだろう？」

「確かに一回武器を素材に変えてから、新たに作る方法はあるっすけど、本当にやるんすか……？」

俺からライトニングダガーを受け取ったキジトラは、ハンマーを構えて炉の前に座っている。そして俺はその後ろに腕組みして陣取っていた。しかしキジトラが確認するように、ちらりと振り向く。

「いいんだ、やってくれ。材料も渡しただろ？」

「貴重な魔法石を報酬兼材料として大量に受け取ったのは置いといて、これはレア装備っすよ？　失敗したら壊れる可能性もあるんすよ？　大問題っすよ？」

まぁ、その可能性もあるにはあるが……俺としてはこいつの腕を信用してやりたい。確かに性格はいい奴だとわかっているものの、腕に関しては根拠はない。……強いて言えば、この前の失敗だな。あれを見て、こいつのチャレンジ精神を買ってやりたくなった。

「失敗したらその時はその時だ。いいから一思いにやってくれ」

というか、今は時間がない。プレイヤー達はこぞって次の街へ向かおうとしている。この波に乗り遅れない為には、早く水馬を討伐するしかない。

先に街へ行く選択肢もあるが、それよりは先に討伐してしまいたい。後になればなるほど、最初の街をみんな気にしなくなって、情報のインパクトが薄れるからだ。

「……そこまで言うなら、わかったっす！　全力で成功させてみせるっすよ！」

俺の決意をわかってくれたようだ。大きく頷くと、炉で熱し始めた。

◆◆◆

「で、できたっすー……！」

作業を始めてから三十分後。必死に作業していたが、ようやく完成したようだ。何度も細かく向きを変えながら、込める力を変えてハンマーを振っていた。時にはこするように、時には砕くように。鍛冶のシステムはよくわからないが、かなり大変だったのはわかる。

両手でしっかりと受け取り、出来上がった作品を確認する。新たな武器はいわゆる日本刀に近いものだ。大きさとしてはやや短めで、刃の部分が約五十センチ前後と小太刀に近い。反りのない、柄から刃先まで一直線にまっすぐな刀だ。ライトニングダガーを材料にしているからか、刃の部分は暗めの黄色になっている。

見事にイメージ通りの作品……忍者刀だ。作業中にあれこれデザインの要望について、やり取りした甲斐があったというものだ。

「名前は……『鳴神《なるかみ》』っす！」

生産職はアイテムを作成したら、作品の名前を自分でつけられるらしい。受け取った刀を性能チェックしていく。

忍者刀・鳴神
雷の魔力を帯びた刀。刃が強く帯電している。
・魔法ダメージ追加
・低確率で状態異常：マヒが発生
・特定の職業が装備時、腕力が強化
・アーツ『雷落《いかづち》とし』が使用可能

予想以上の出来映えだった。ライトニングダガーの効果を引き継ぎつつ、更に大幅に強化されて

いる。特定の職業が装備すると、強化されるというものだ。刀だけあっておそらく、侍などの職業じゃないかと思う。そこに忍者も含まれる……と思う。

しかも、アーツが追加されている。どうやら武器を装備している時だけ使えるものらしい。名前からして攻撃系のアーツだし、ここで今すぐ試す訳にはいかないが。

「素晴らしいじゃないか……！　お前、やっぱり凄腕だったんだな」

「本当は、時間があれば火の魔法石を組み込んだらどうなるかとか、色々試したかったんすけどね」

「うん、素人の俺でも、それがダメなのはわかる」

前言撤回だ。依頼した武器を実験台にしようとするんじゃない。

「まぁ、今回は急ぎだったから、要望通りに作ったんすけど、成功して良かったっすよ」

「ありがとな……。これでなんとかなりそうだ」

「でも、なんで急ぎで強化した武器が必要なんすか？　ボスが倒されたから、次の街に行けるようになったんすよね？」

「まぁ、ちょっとした……裏ボス退治といったところだな」

◆◆◆

再び大森林へと戻ってきた。ゲームを始めてから数日が経つ。何度も街と森を往復してきたが、これが最後になるかもしれない。いや、この一度で討伐してみせる。そうじゃないと今のところ情報を独占している意味がない。

　森の中ではプレイヤーを全く見かけなかった。数人はいるかと踏んでたが、予想外だな。だが、目撃される可能性がないのはこちらとしてもやり易い。

　まもなくして、グランドベアのいた地点までたどり着いた。だが、考えなく飛び込んだりはしない。念の為に木の陰に隠れて行動していた。恐る恐る覗き込む。

「やっぱりいたか……」

　そこには当然ながら、グランドベアがいた。体を丸めて寝転んでいる。目を閉じているようだし、俺の存在には気付いていないようだ。

「迂闊に動かなくて良かった……。また気配を消して通り過ぎるとしようか」

　スキルを使って、横を通り抜ける。枝や葉にぶつかりながら茂みを強引に抜けるが、全く音が立たない。何度使っても不思議な感覚だ。

　だが途中でふと思った。どうせ通り抜けるだけだし、一回くらい試し撃ちをしたらどうだろう。ここまでモンスターは基本避けて走ってきたから、『雷落とし』が試せていない。どんなアーツかは知らないが、グランドベアの巨体だったら的にするのに申し分ないだろう。

　もう既にグランドベアの後ろまで回り込んでいたが、俺は振り返ってその姿を捉えた。作ってもらったばかりの刀を鞘から引き抜き、構える。そしてメニュー欄からアーツの発動条件について読み込む。

「ふむふむ。刀を頭上に構えて、対象に向けて一気に振り下ろす？」

効果の説明がいまいちわからなかったので、早速試してみることにした。刀を構えて……グランドベアをしっかり見据え……よし。そしてそのまま一気に振り下ろす！

「『雷落とし』！」

しかし、その次の展開は予想外だった。振り下ろしても何も起こらなかったからだ。左右を素早く見回すが何もない。いるのは俺とグランドベアだけだ。

「えっ？」

が、その認識は間違いだった。一拍遅れで、一筋の雷がグランドベアの上から降り注いだ。そのまま槍が落ちたかのように、グランドベアの背中に突き刺さる。

「グオオオォォォォ！！？？」

グランドベアの全身を黄色いオーラがバチバチと音を立てながら、包み込んでいく。どうやら感電しているらしい。黄色いオーラはすぐに消えたが、グランドベアはピクピクと痙攣《けいれん》している。これは……麻痺の状態異常が発生しているのか。

「なるほど……こういう効果か」

攻撃が一拍遅れなのは少々使いづらいが、上からの攻撃となると、相手も回避しにくいだろう。モンスター相手でもいいが、対人戦でもフェイントに使えるかもしれない。

もう一度試そうとしたところで気付いた。メニューにある雷落としの文字が薄くなっている。そしてその横にカウントダウンのような数字が動いている。……一回使うとクールタイムを必要とするアーツらしい。乱発はできないようだ。

効果に満足したところで、その場を離れることにした。マヒが解除されたらこっちに向かってくるかもしれない。今回の目的はグランドベアじゃないしな。

◆◆◆

マヒしたグランドベアを放置して、森の奥へとどんどん進む。木々がなくなり、開けたところまでたどり着いた。ようやく戻ってこれたな。

一歩踏み出す前に手持ちの装備を確認する。全身に一通り防具も着けてあるな……よし。ポーションも十本ほど残っている。この時の為に、魔法弾も温存してある。問題なさそうだ。

そのまま、ゆっくりと歩いていくと、あの湖が見えてきた。前回は時間が夜だったが、今回は昼だ。湖が綺麗に透き通った青色に見える。光を反射してキラキラと輝いていた。

（ゴポゴポゴポ……）

「さて、来たか……」

ゆっくりとした足取りで湖まで近づいていたが、一定の距離を切ったところで、雰囲気が変わった。周りが急に静かになったようだ。そして、湖の中から空気が泡立つような音が聞こえる。

音がほんの一瞬途切れて、次の瞬間俺の身長よりも高く、水柱が立ち上がった。水柱の中から跳ねるようにして、大きな塊が飛び出す。そして、静かに岸辺へと着地した。そこには前回と変わらない、湖と同じように透き通った青色の半馬半魚の姿があった。

すぐさま戦おうと思い、刀を構える。しかし、ふと思いついた。前回は鑑定しても正体はさっぱりわからなかったが、今回は違う。あれから【識別】スキルを修得している。

「今ならいけるか……？　『識別』」

――――――

クリアケルピー

始まりの森の裏ボス。全身が水でできており、物理攻撃を無効化する。遠距離には水鉄砲、近距離には突進で攻撃してくる。弱点は雷系。

――――――

どうやら正式名はクリアケルピーというらしい。ああ、こいつがケルピーか。名前がわかってすっきりした。以前推測していたことだが、物理攻撃は通じないのはこれで確定だな。ならあとは、戦闘開始だ。

◆◆◆

俺は一旦刀を鞘に戻してから、アイテムボックスを漁《あさ》る。そして両手にそれぞれアイテムを取り出した。左手は雷属性の魔法玉。そして、右手は雷属性の魔法弾だ。

まず左手を振りかぶり、魔法玉を全力で投げつける。そして間髪入れずに右手の魔法弾も投げる。

【手裏剣】スキルの恩恵か、以前とは段違いのスピードで飛んでいく。

間隔を空けて飛んでいく二つのアイテム。しかし、それを迎え撃つように、クリアケルピーの後ろから水飛沫が飛んでくる。水飛沫が先に投げた魔法玉を叩き落とす。だが、後から飛んでいく魔法弾が到達する頃には、水飛沫は既に落ち、地面へと染み込んでしまう。予想通り、魔法弾は水飛沫の防御をすり抜けて、クリアケルピーの額へと飛んでいく。

額へと着弾した瞬間、光が弾けて稲妻が走った。全身に一瞬黄色い電撃が回る。クリアケルピーは頭を振り回すように暴れていた。

「よしよし……効いてるな」

前回の戦闘で学んだことだ。クリアケルピーは飛んできた物を水で撃ち落とすが、連続して飛んでくる物は対応しきれない。貴重な魔法弾も無駄にならずにしっかりダメージを受けている。

ダメージを受けて苦しんでいたクリアケルピーだったが、そのまま転がり込むように湖に飛び込んだ。小さく水飛沫が立つ。

俺は鳴神を逆手に持ち、胸の前で構え直した。そのまま静かに湖へと近づく。このまま行けば次は……。

おそるおそる覗き込む。一秒もしないうちに湖に影が浮かんだ。そのまま勢いよくクリアケルピーが飛び出し、こちらに猛然と向かってくる。

だがこれも想定済みだ。俺は体をほんの少し左にずらした。狭い道ですれ違うかのように、俺の右側すれすれを突進が通り抜けていく。と、同時に構えていた鳴神でクリアケルピーの横腹を切り裂いた。きちんと当たるように構えておけば、後は勝手に突撃の勢いで切り裂かれてくれる。

勢いよく通っていくものの、ダメージのせいで暴れて不規則な動きをしている。そのせいか、木にぶつかりそうになっている。

「ここまではいい調子だな……」

前回の攻撃パターンを基にして戦略を練ってきた。対策はきちんとできてるし、頭の中でシミュレーションしてきた。ここまでの攻防でクリアケルピーのHPゲージは一割ほど減っていた。理論的にはこのまま戦闘を続ければ倒せるはず……だが、そんな楽観的には考えられない。それにはいくつか理由があった。

考えている間にも戦況は動く。クリアケルピーは再びこちらに向かって突進してきた。俺は岸辺に立っており、まさしく背水の陣だ。だが問題はない、さっきと同じように避けながら斬りつければいいだけだ。

「何っ!?」

だが、ここで予想外の事態が起きた。クリアケルピーは直進ではなく稲妻状、ジグザグの動きを見せた。暴れ馬のようにしゃがんだり跳び上がったりと、体を上下させており、軌道が読めない。

「くそっ！」

　クリアケルピーが目の前まで迫る。俺は飛び込みのような体勢で横に大きく跳躍した。そのまま前転の動きでくるりと一回転する。あれは無理だ。下手に動きに合わせて攻撃しようとしたら、間違いなく突進が直撃していた。

　……これはまずいな。懸念《けねん》していたことが当たってしまった。先ほどこのまま上手くいかないかも、と思った理由の一つ。攻撃パターンが、たったあれだけのはずがないというものだ。仮にもボスモンスターが、あんな単調な動きだけで終わるとは思えなかった。案の定、動きの変化を見せられたが……実際に目の当たりにすると、驚いて一瞬体が止まってしまうな。

　クリアケルピーは再び水に飛び込んだ。水中に潜っている間は、ほとんど水音がしないのが不気味だ。

　次の手はどうするか……。この時間を使って考え込もうとした。だが、相手はそんな悠長《ゆうちょう》に待ってくれなかった。そんな間もなく、再び突撃が来る。それもまたジグザグの変化だ。

「はあっ！」

　まだ反撃の態勢は整っていない。もう一度横に跳んで避けようとした。だが今度はタイミングが早過ぎた。俺を追いかけ、向きを曲げてきた。ダメだ、このままではぶつかる。現在の俺は空中にいる。つまり【加速】も【跳躍】も使えない。どちらも足が地面に着いてないと、発動しないからだ。

　あああ……ヤバい！　早く地面に着地しないと……!?　だが俺の焦りも虚しく、全身が水でできた暴れ馬はすぐそこまで来ていた。

「ぎっ……ぐあああぁぁぁぁぁ！！？？」

全身に衝撃が走る。と、次の瞬間周りの景色がパッと切り替わった。どうやら直撃で吹き飛ばされたようだ。視界がぐるりと一回転する。

地面を転がりうつぶせに倒れる。体に力を込めて、必死に立ち上がる。……くそっ、今のはクリーンヒットだったな。ステータスを見るほどの余裕はないが、相当体力削られたのが体感でわかる。

なんとか湖の方に目を向けると、クリアケルピーは後ろを向き、湖に飛び込むところだった。そのまま追撃するつもりはないらしい。……俺にとっては、ありがたい限りだな。

◆◆◆

非常にまずい。俺はスピード特化型の紙装甲なプレイヤーだ。今ので大幅にＨＰは減っただろうし、二回目の攻撃を受け切れる自信はない。撤退すべきか……弱気な考えが一瞬頭をよぎる。

落ち着け、俺……！　冷静に考えるんだ。

とはいっても手段は限られる。雷系の攻撃以外はひとまず選択肢から外れる。わざわざ威力が低い攻撃を使う必要はない。できれば遠距離で戦いたいが……そうすると、使える手段は魔法弾か、【雷遁】になるが……チマチマと削っていくしかないか？

いや……待てよ……？　まだ試してないことはあるな。クリアケルピーが潜った今がチャンスかもしれない。と、思っているうちに水飛沫が上がる。俺は慌ててスキルを発動させた。

『潜伏』！」

すぐさま潜伏を発動させた。以前と同じようにひんやりとした感覚を味わい、体がうっすらと透《す》ける。同時にクリアケルピーが飛び出してきたものの、突撃せずに岸辺に立っていた。うろうろと、その場で足踏みするかのように動き回っている。どうやら、上手くいったようだ。明らかに俺の姿を見失っている。

「よくよく考えたら、使って当たり前なんだよな……。忍者が真っ正面から戦うとかあり得ないし」

今から挑戦するということで、気合いが入り過ぎていたのか。ボス戦の雰囲気に呑まれてしまってたのかもしれない。だが、本来は最初にクリアケルピーが湖に飛び込んだ際に【潜伏】を試してみるべきだった。

なんとか態勢を整えられたが、だからといって油断もしてられない。潜伏の持続時間はわずか五分。こうしてる間にも時間は過ぎていく。

「確か、モンスターに触れると潜伏は解除されるはずだが……遠距離攻撃の場合はどう判定されるんだ？」

試しに魔法を使ってみることにした。だが念には念を入れる必要がある。俺は低くしゃがんで、その体勢のまま掌《てのひら》をクリアケルピーに向ける。そしてよーく狙いを定めた。

「……『雷弾』！」

雷をまとった黄色い光球が掌から放たれた。そのまま一直線に飛ぶ。そしてうろうろしていたクリアケルピーに直撃した。

「ヒヒィィィン!?」

最下級の魔法だからか、ダメージはそれほどでもなかった。むしろ微々たるものだ。だが全く感知していなかったせいか、今までの攻撃の中で一番動揺しているようにも見える。

そして俺の方はというと、先ほどまでのひんやりした感覚が瞬時に消え去っていた。どうやら潜伏の解除される条件は、厳密には『自分自身かまたは攻撃が当たること』らしい。

動揺していたクリアケルピーだが立ち直るのも早かった。俺を視界に入れた途端に、再度正面から突撃してきた。前足だけで器用にバランスを取っているが、スピードはやはりかなりのものだ。

そして、またしても不規則なジグザグの動きで突撃してきた。右を向いたと思ったら、次の瞬間には左を向いている。と思ったら、右に大きく動く。スピードも相まって、どちらから来るか全く読めない。だが、今回は大丈夫だ。

正面から迫る突撃を、俺はしゃがんだ状態で低い目線で見つめていた。そして、そのままギリギリまで引き付ける。……今だ!

「『ハイジャンプ』!」

俺は交差する瞬間、後ろに退くようにして跳び上がった。上空へと逃げ出したのだ。前回の戦いの時もそうだった。突撃をナイフで止めきれず、【跳躍】を使ってかろうじて回避した。……だが、前回と同じ轍《てつ》を踏むつもりはない。

クリアケルピーは足で踏み留まり、ブレーキをかけるところだった。その瞬間を狙ってアイテムボックスから次々と魔法玉を取り出しては、上から投げつけていく。これはあくまで牽制《けんせい》というか、動きを封じる為のものだ。なので、威力の低い魔法玉で充分。

魔法玉の乱れ撃ちが、雨のように降り注ぐ。大部分は地面に落ちて無駄に爆発したが、数発はクリアケルピーに当たる。連続して当たったことで、動きがその場で止まる。

俺は投げながらも、跳躍の勢いのまま空中を移動していた。そう、後ろにあった木に向かって。空中で姿勢を整え、木の幹に向かって足の裏から着地する。そのまま膝を曲げて踏み込んだ。同時に刀を抜き、切っ先を標的に向ける。そして勢いよく蹴り出した。

「『縮地』！」

加速の勢いが合わさって、俺の体は矢のように飛んでいく。目標地点は当然、あの水の馬だ。体感時間で一秒もしないうちに、肉薄する。水でできたスライムのような体の胸に、鳴神が深々と突き刺さった。

「ぐっ⁉　ヤバいな……⁉」

雷系の属性ダメージでクリアケルピーのＨＰは大幅に減っていく。そのせいか、問題が起きた。クリアケルピーの暴れ具合がかなり激しかったのだ。そのせいで、刺した刀を当然抜き取るつもりだったが、手放してしまった。これはまずい。

「しまった……唯一の武器を……」

一旦距離を取る。刀を失った以上、今の俺は丸腰だ。……急激に不安が襲ってきた。このままでは接近戦は厳しい、というか無理だ。こうなったら完全に遠距離で戦い、場合によっては持久戦も視野に入れないといけない。

「覚悟を決めるか…………ん？」

魔法弾を取り出して、投げつけようとしたところで気付いた。刀が胸に刺さったままのクリアケルピーは、いつの間にか岸辺まで下がっていた。それだけならまだわかる。だがわからないのは、頭を高く上げたままで棒立ちになっていたことだ。

「何をしてるんだ、あれ？」

構えとしては、最初に飛び道具を撃ち落とした時と同じく、水飛沫を飛ばす体勢にも見えるが……俺はまだ何も投げてないぞ……？

「迎撃の為じゃないとすると……まさか⁉」

一瞬、嫌な予感というか想像が頭に浮かんだ。考える前に俺は横に走っていた。

今の今まで立っていた場所に、猛烈な勢いで飛ばされた水の球が通り抜けていく。一拍遅れて破裂音のような音が響く。外れた水弾が、森の木々に叩き付けられた音だ。

危なかった……。勘が働かなかったら蜂の巣にされていた。どうやら水飛沫は防御の為の動きだけではなかったらしい。

クリアケルピーは再び尾びれを高速で動かす。湖から掬《すく》い上げられた水は、勢いよく投げられて空中で弾丸へと形を変えた。そして再度こちらへ向かって迫りくる。

「ちょっ、これっ、本当にまずいな⁉」

さっきから俺はひたすら回避に徹していた。クリアケルピーは遠距離戦に切り替えることにしたらしい。絶え間なく弾丸が襲いかかってきていた。別に回避しきれないほどのスピードじゃない。

俺の移動速度をもってすれば、むしろ多少の時間的余裕はある。しかし精神的余裕は全くなかった。刀がないことで、攻撃を受けることができない不安。一発でも当たったら死ぬ可能性があるプレッシャー。連続する攻撃で反撃に移れない焦り。それらが重なり合って、俺から余裕を奪い取っていた。

遠距離戦を仕掛けるつもりだったのに、逆に仕掛けられてしまった。このままではじり貧だ。回避しながらも必死に頭をフル回転させる。

「なんとかこの状況を打開する策は……!?」

水飛沫をよく見るだけでなく、クリアケルピー自身も観察する。何か、何かヒントはないものか……。そう思っていた時、刺さったままの愛刀が目に入った。

「……待てよ？」

◆◆◆

この状況を打開する、一つのアイディアが浮かんだ。正直言ってバカバカしいというか、無茶苦茶な発想だ。だが一度思いついてしまうと、それを超えるような考えは浮かばない。むしろその無茶苦茶なアイディアが、頭から離れなくなっていた。

「やってみるか……ははは……」

よくわからないうちに笑いが漏れる。多分、俺自身に対する苦笑いだ。覚悟を決めて一回深呼吸する。その間にも無数の水の弾丸はひたすらこちらに飛んでくる。多分考えてる時間は一分にも満たなかっただろうが。

「よし……行くぞ！」

敢えて呟くことで、改めて気合いを入れた。そして一歩前に出る。右に左に、そして後ろに細かく動きながら回避していたが、更に前進し始めた。当然のことだが、前に出ればクリアケルピーとの距離は縮まる。つまり、より素早く弾丸を避けなければならない。

「はっ！　……よっ！　……とぉ！」

ステップを駆使しながら避けて、避けて、避けまくる。時には両腕を上げたり、海老《えび》反りになったり、と変なポーズでもためらいなく使って着実にジリジリと距離を詰めていく。端《はた》から見たら、ふざけて見えるかもしれないが、たった一撃が死に繋がるとあって、こっちはかなり必死だ。

ようやく残りの距離が、数メートルのところまで来た。体感は相当長い時間を過ごしていたが、実際は五分も経ってないだろう。あと少しだ。このまま避け続ければ、目の前までたどり着ける。

だが、奴はそんなにバカじゃなかった。唐突に尾びれを動かすのをやめて、頭を軽く下げた。そのまま流れるように突撃に切り替えた。このタイミングだと普通は避けきれない！

……ああ、そう来ると思った。

「『ハイジャンプ』！」

俺は立ったまま、溜めはなしで【跳躍】を発動させた。いくらスキルを使っても、しっかり跳ぼうとする動作がなくては高さは稼げない。だがそれでいい。

そのまま斜め前方に跳ぶ。溜めなしで跳んだせいで、高さ的にはだいぶ低い。普通にしゃがんで跳んだのと変わらない。そしてクリアケルピーとすれ違う。だが、俺は右腕を真横に伸ばしていた。当然、クリアケルピーとぶつかる。まるでラリアットをかますようにして。

「いっ!?　……よし！」

狙い通り、俺の腕はクリアケルピーの首に接触する。……ぶつけた時の衝撃と痛みは、狙い以上だったが。水でできた首に腕が沈み込む。そしてそのまま首を軸にして、俺の体をぐるりと回転させる。背中に飛び乗るような形になった。

だが、全身が水のクリアケルピーには普通にまたがることはできなかった。俺の下半身が胴体に刺さっているような絵になってしまった。水といっても、スライムに近い感触なのでするりと突き抜けることはない。途中で抵抗が増して止まる。

「ヒヒイイィィィン!?」

俺の行動が予想外だったせいか、体を上下させて暴れ始めた。慌てて首の後ろから抱きつくように腕を回す。左手を首にめり込ませたまま、右手で手探りで刀を捜す。……見つけた！

「おりゃっ！」

柄を握り締めて、思いっきり引き抜く。やっと俺の手に戻ってきたな……。短い間だったが、数年ぶりに再会したような気分だ。

クリアケルピーは依然として暴れ続けている。俺はというと、首と胴体に体をめり込ませている為、意外と安定した状態で乗りこなしていた。尾びれをびちびちと動かしているが、流石に俺の位置までは届かないらしい。……なんか死角というか……思ったより安全な位置だな、これ。しかも景色が揺れまくって普通なら酔いそうだが、全然気持ち悪くならない。VRの利点だな。

だが、こうしている訳にもいかない。物理攻撃無効のせいで、俺がめり込んでもクリアケルピーのHPは変わらないままだ。このまま魔法使ってみるか……？

「……『雷弾』」

右手から黄色い光が生まれる。光はクリアケルピーの体内で、すぐにはじけた。だが、次の瞬間衝撃が走った。

「いっ!?　……か、はっ」

何が起きたかわからなかった。しかし、痛みのおかげですぐに冷静になり、推測することができた。

「そういうことか……」

クリアケルピーは全身が水でできている。つまり、その体にめり込んでる今の俺は、水に浸かってるのと同じだ。そんなところに電気を流したりしたらどうなるか。……一緒に感電するに決まってるじゃないか、ちくしょう！

このままの状態なら攻撃は受けないけど、逆に攻撃することもできないようだ。しかも今の不用意な行動のせいで、俺のHPがギリギリまで減ってる。ヤバいヤバいと思ってたが、本当に後がなくなったな。ポーションも、もうないし。

これはもう、賭けに出るしかなさそうだ。

「雷の魔法弾はいくつあったかな、と」

残りは数個しかなかった。それをクリアケルピーの体内に手を入れたまま、出現させる。しっかりと握り締めて、安全装置を解除していく。そしてそっと手を離した。魔法弾は爆発しないまま、体内に残った。それを数回繰り返して、魔法弾をクリアケルピーの体内にいくつも残していった。

「あとは仕上げを……っ!?」

準備は整った。と思ったらクリアケルピーが急に動きを止めた。不思議に思っていると、くるりと向きを変えて、湖に向かって一直線に走り出した！　……まずい！

奴は、普通に暴れても俺を振り落とせないと諦めたらしい。だから普通じゃないやり方、湖に引きずり込むやり方を取る気だ。そういえばケルピーの伝説に、人間を誘い込んで溺死させるってあったような……。いや、現実逃避してる場合じゃない。

慌てて手を引き抜く。比較的、簡単に抜けたものの今度は足が抜けない。両足とも突っ込んでいるから、踏ん張りが利かなくて足踏みするばかりだ。まるで底なし沼だな。

そうこうしてる間にも、湖が目の前に迫ってくる。クリアケルピーは岸辺で踏み切り、湖に向かってジャンプした。もう湖面に着く。……足が抜けないなら、逆のやり方だ！

俺はもう一度、両腕を体内に突っ込む。そして両腕を支点に逆立ちをするように、思いっきり勢いをつけて両足を引き抜いた。クリアケルピーの飛び込みの勢いで、両腕もズボッと抜けた。そのまま回転しながら空中に放り出される。

俺はなんとかバランスを取って、逆さまになりながら右手をクリアケルピーに向け、左手で支える。視界が揺れる中、なんとか照準を合わせた。……これで最後だ！

『『雷弾』!!」

湖に着水する寸前、俺の雷弾が背中に命中する。そして全身に回った電気が起爆剤となり、体内に残してきた魔法弾が次々と誘爆していく。

クリアケルピーは体を跳ねさせながら、大きな水飛沫を上げて湖に落ちた。電気が湖を伝って、黄色い稲妻が一面に広がる。一拍置いて横たわったクリアケルピーがプカリと湖面に浮かび上がった。そして、HPがみるみるうちにゼロとなり、クリアケルピーは光の粒子へと姿を変えて、消滅していった。

◆◆◆

「はぁ……はぁ……危なかった……」

今回は流石にヤバかった。倒すか倒されるかのギリギリの戦闘だったし、いつやられてもおかしくなかった。なんとか最終的に勝ったものの、相当ド派手な最後になったしな。まるでアクション映画の爆発オチのようだ。

「まぁ、なんにせよ俺は勝って、生き残った」

そう、それが事実だ。改めて認識する。頭の中にその事実がじわじわと染み入ってきた。思わずその場に座り込む。ゲームだから疲労は肉体的なものではなく精神的なものだろうが、相当疲れた。

『おめでとうございます！　【深奥《しんおう》の湖】のボスモンスターを討伐したことで、新たなダンジョンへのルートが解禁となります！』

『以降、ボスモンスターは弱体化されます』

『初回討伐ボーナスが発生します』

『単独討伐ボーナスが発生します』

一拍遅れて、空中にメッセージが表示される。グランドベアの時と同じだ。だが、違った点もある。新たな街ではなく、ダンジョンへのルートとはどういう意味だろうか？

一瞬首をひねったが、すぐにわかった。地面が揺れ、湖が動き出したのだ。

「なんだこりゃ……」

俺は立ち上がって湖を覗き込む。正確には動いたのは湖ではない、湖の水だ。俺から見て、湖の水が真っ二つに分かれるようにして、左右に流れていく。どこかの神話のように、湖が二つに割れた。

二つに割れた湖から湖底が顕《あらわ》になっていく。そして見えたのは階段だ。岸辺から湖の中央に向かって続いている。呆然と見ている間に道ができてしまった。そして、真ん中には人間よりやや大きい程度の小山があり、その真ん中は洞窟のようにポッカリと穴が開いていた。

「これが新しいダンジョンってやつなのか……ん？」

湖の方の大がかりというか、大袈裟《おおげさ》な仕掛けに気を取られていたが、メッセージの表示はまだ終わっていなかった。

『このお知らせは全プレイヤーに向けて通達されます』

ふむ、これもこの前見たな。確かこの後パーティ名の登録があったはずだ。

『パーティ名を入力して下さい』

『パーティ人数一名を確認しました』

『自動的にＰＮ《プレイヤーネーム》が通知されます』

「………は？」

いや。いやいや。いやいやいや、ちょっと待て。今なんか、ものすごく嫌な予感がするメッセージを見た気がするが、気のせいだよな、うん。そうに違いない。

『プレイヤー【カラス】が【深奥の湖】のボスを討伐しました！』

「おいいいぃぃぃぃー!?」

だが無情なことに、次の瞬間には全プレイヤーに向けてはっきりと俺の名前と功績が通達されてしまうのだった……。

◆◆◆

「落ち込んでてもしょうがない……切り替えよう。切り替えるしかない、うん」

思わず膝と手を地についてショックを噛み締めていたが、割とすぐに立ち上がることができた。

まぁ今回は不可抗力だ。本来の名前でやってたのは仕方ないことだし、街中では【偽装】で名前を誤魔化してるから問題ない。やり方は今までと変わらないな。

それよりも今はダンジョンの方だ。さっさと探索に行かないと。もしかしたらさっきのアナウンスを聞いた誰かが、ここに駆けつけないとも限らない。

「それじゃあ行きますかね」

手持ちのポーションを取り出し、飲みながら階段を下りていく。これでＨＰは問題ない。

右を見ても左を見ても、見えるのは湖水でできた水の壁だ。まるで水族館のようだな。魚が一匹も見当たらないことを除けば、だが。

試しに水の壁に向かって、そろりと手を突っ込んでみた。感触は、当たり前だが水そのものだ。クリアケルピーの体よりもよっぽどサラサラしている。そのまま肩の力を抜くとゆっくり浮かんでいくのを感じる。うん、水なのは間違いないな。

そうこうしているうちに、湖の底まで下りた。まっすぐ穴に向かって歩いていく。だが、その途中で何かが落ちているのに気付いた。

「これは……アイテムか？」

そこに落ちていたのは三つのアイテムだった。一応手に取る前に鑑定をかけてみる。

水馬の鰭扇《ひれおうぎ》

クリアケルピーの鰭で作られた扇。
・アーツ『アクアウェーブ』が使用可能

ケルピーの魔水
クリアケルピーの体を構成していた水。青色に透き通っている。

水の魔法水晶
強大な水の魔力が込められた宝石。魔石よりも遥かに希少。

どれもなかなか面白そうというか……興味を引かれるアイテムばかりだ。三つもあるってことは、さっきのアナウンスで言ってた初回討伐と単独討伐のボーナスはこれらのことかもしれない。……魔水ってのがビンに入ったままでドロップしてるのは、なんとなく違和感あるな。

「どれもこの先、絶対使い道がありそうだな……俺の勘がそう言ってる」

とりあえず一通りアイテムを収納する。なんか珍しいアイテムばかり集めてる気もするが。気を取り直して、洞窟へとゆっくり突入した。

◆◆◆

洞窟の中は、人工的な建物だった。自然にできたような造りだったのは入口だけで、内部は石を四角く切り出して積み重ねた、石造りだ。一本道の通路をひたすらに突き進む。

「おや？」

ある程度進んでいくと、奥の方から影が見えた。思わず足を止める。影はふわふわ宙に浮きながら、ゆっくりとこちらに近づいてくる。

現れたのは魚だった。大きさは中型で鯛《たい》くらいだろう。空中を泳ぐように動いてこちらに飛んでくる。その体はクリアケルピーと同じく、全身が透き通っていた。鑑定をかけてみる。

クリアフィッシュ
水でできた魚。穏やかな性格で、自分から攻撃を仕掛けることはない。

通路の端に立って泳ぐ様を眺めていた。ボーッと見ていると、俺を無視して通り過ぎようとしている。このまま見過ごしても別に構わないんだが……やっぱり倒しておくか。

刀を抜いて、そのまま適当に下から上に斬り上げる。魚は一発で真っ二つになり、そのまま消滅した。ＨＰが低かったのか、雷属性の攻撃だからあっさりやられたのか……。拍子抜けだった。反撃とか期待してたのに。

とか考えていると、更に通路の奥からクリアフィッシュが数匹飛んできた。群れのように、何匹も何匹も連続で泳いでくる。

「一応、確認しておくか」

そのうちの一匹に狙いを定めて、殴ってみた。水面を殴ったかのような手応えだ。クリアフィッシュは軽く吹き飛ぶ。が、空中で一回転すると体勢を立て直し、こちらに向かって突進してきた。

思ったより勢いがあったが、とっさに上体を反らして避けた。

「……がっ⁉」

避けながら後ろに飛んでいくのを見送ったが、急に頭に衝撃を受けた。視界が揺れる。なんだかよくわからないまま、本能的に後ろへとジャンプした。

「……そういうことか」

体勢を整えながら俺が見たのは、こちらに向かって突進の構えを取っている、大量のクリアフィッシュだった。おそらく一匹にダメージを与えると、周囲のクリアフィッシュが反応する仕組みなんだろう。

◆◆◆

とにかく斬りまくる。次々飛んでくるクリアフィッシュの魚群に対し、ひたすら刀を振る。一振りで何匹か確実に倒せるものの、振り回してるだけでは捌《さば》ききれない。当然何匹かはすり抜けて直撃する。

「『雷弾』！『雷弾』！『雷弾』!!」

右手で刀を振りながらも、左手で魔法を乱射する。しかし、ほとんど効果はない。焼け石に水だ。まぁ、当たり前だな。

向こうは群れで来ている。いわば面の攻撃だ。こっちは小さな魔法を撃ったり、刀で斬ったりと、点の攻撃だ。要するに範囲攻撃を使えない以上、地道に戦うしかない。俺が倒れるのが先か、向こうが全滅するのが先か、我慢比べだ。

◆◆◆

「はぁぁ……きつかった……」

十分後、俺はしゃがみこんで肩で息をしていた。いや、実際に体が疲れてる訳じゃないが、精神的には相当疲れている。なんとか全滅させたが、あれは相当面倒くさかった。

ダメージも最小レベルで、チクチクとつついてくる程度だった。だが一匹ならまだいいが、何匹もいるとばかにならない。じわじわとＨＰが削られるので、地味に焦ってしまった。一本道だから逃げようにも、振り切れなかったし。

今回は乗り切ったが、この先もそんな感じにモンスターが湧き出ると思うと、気が滅入る。

「これは課題の一つだな……」

俺の戦闘スタイルは、回避に徹して確実にダメージを与えていくのが売りだ。ボス戦とかの強敵相手ならいいが、今みたいに大量の雑魚を相手にするなら相当時間と手間がかかる。

うん、決めた。次の目標は、範囲攻撃を修得することだ。魔法でもなんでもいいから、複数を相手にできるスキルを優先して探すとしよう。

……考えてみたら、戦わずに振り切る手も試してみるべきだったか？

あれこれ考え事しながらダンジョン内を歩いていた。幸いにも、あの後からモンスターには出会っていない。油断してるつもりはないが、少しは落ち着いて行動できている。

気が付くと、開けた部屋に出ていた。今通ってきた通路に比べ天井が高く、柱が何本も立っている。正面の一番奥に、祭壇のような場所があるが、そこに大きな箱が置いてあるのが見える。あれは……どう見ても宝箱だな。

何か起こるんじゃないかと、ビクビクしながら進む。辺りを見回したり、そろりそろりと足を踏み出したり。だが、心配に反して何も起こらなかった。時間は結構かかったが、無事に宝箱までたどり着いた。

早速、箱を開けてお宝を拝見……いや待てよ。宝箱に擬態したモンスターってRPGでたまにいるよな。

「……………………『火弾』」

試しに魔法を撃ち込んでみた。着弾と同時に軽く煙が上がる。数秒待ってみたが、特に動いたり襲いかかってきたりしなかった。考え過ぎか……。まぁ用心に越したことはないだろうが。

今度こそ、中身を確認……と思ったら、またしても出鼻を挫《くじ》かれた。鍵がかかっていて開かない。だが俺には問題ない。

「ここまで全く機会がなかったので、自分でも忘れがちだが……俺には【解錠】スキルがあるからな！　では、『解錠』……………………なんだこれ」

実際に使ってみると、思ってたのとなんか違う……。使ったらすぐにパカッと蓋が開くものだと思ってた。だが、実際に使うと、立体映像のようなものが目の前に浮かんでいた。よく見るとそれは説明書のような、箱を開ける手順が描かれた図式だった。

箱をひっくり返して底の突起を押したり、鍵穴に刀の先端を突っ込んだりと、手順に従って操作していく。リアリティがあると言えばそうだが……何もこんなところまで、リアルにしなくてもいいのになぁ。地味に手間ひまかかる。

数手の手順を経てようやくカチッと音がし、解錠に成功したのがわかった。重たい蓋を持ち上げて、ゆっくりと開いていく。そこに入っていたのは剣だった。

ウォーターエッジ
水の魔力を帯びた剣。刃に水分が含まれている。
・魔法ダメージ追加

ふむ、なかなかいい剣だな。属性武器はまだ開発は進んでないし、開発のサンプルとしてはちょうどいいだろう。キジトラに渡してやってもいい。

箱から取り出して、色々な角度から眺める。取り出した瞬間、箱は消滅してしまった。そして祭壇の奥の床に何か光る紋様が描かれていた。円形の中に文字が刻まれており、魔法陣のようだった。

「これはもしかして、ポータルか」

ダンジョンの最下層まで行くと、設置されているもの。それを使えば、一瞬でダンジョンの入口などに戻れるやつだ。俺は刀をアイテムボックスにしまうと、迷いなくそこを踏んだ。魔法陣の光が徐々に大きくなっていく。

◆◆◆

「ここは……」

眩しくて目をつぶっていたが、外の光が収まったのを感じた。目をゆっくり開けると、最初に目に入ったのは緑色だった。首を振って辺りを見回す。どうやらここは、大森林の入口、はじまりの街から少し歩いた地点だった。無事に戻ってこれたようだな。

さて、これからどうしようか。どうせほとんどのプレイヤー達は第二の街に向かって移動していることだろう。だが、焦ることはない。俺のスピードと、この武器があれば多少出遅れてもなんとかなるはず。

ひとまず、始まりの街である程度地力をつけることはできた。ここまでが俺の情報屋ライフの、チュートリアルみたいなものだっただろう。次は活動の幅を広げたり、人脈を広げたりとまだまだやることはいっぱいある。

「活動方針はまた計画を立てるとして……今日はもう遅いか」

いつの間にか、かなり時間が経ってしまっていた。まぁ、ある意味では当たり前かもしれないがな。

俺は街に入るとすぐにログアウトした。次にログインする時は第二の街に行かないとな。

第五章　掲示板

【攻略情報】雑談掲示板part1【歓迎】

1：名無しの剣士
ここはVRMMORPG『ビリオン』について話す雑談スレだ。攻略情報・小ネタ・雑談何でもOK。最低限マナーは守ってくれ。荒らしは厳禁。
次スレは950が立てること

2：名無しの魔法使い
2ゲット

おつおつ

3：名無しの弓使い
＞＞1
乙

4：名無しの僧侶
いやー、やっとリリースしたな

5：名無しの魔法使い

＞＞4
そうでもない
ベータから割と早かったし
6：名無しの格闘家
チュートリアル厳しくね？
普通に負けたw
7：名無しの僧侶
＞＞6
は？
負けたってなんだ？
8：名無しの格闘家
＞＞7
だからチュートリアルの戦闘だよ
ゴリラがマジ強すぎ
9：名無しの盗賊
今んところジョブは偏りない感じ？
ざっと見た感じだけど
10：名無しの剣士

>>8
ゴリラとか見てないけど
普通に相手虎だったわ
11：名無しの格闘家
ん？
12：名無しの槍使い
ん？
13：名無しの魔法使い
ん？
14：名無しの裁縫師
待て待てお前ら、チュートリアルの内容なら多分、人によって違うぞ？
15：名無しの魔法使い
>>14
詳しく
16：名無しの裁縫師
チュートリアル予想まとめ
戦闘職↓モンスター戦闘（職によって違う可能性大）
補助職↓スキルの使い方説明

生産職↓実際に一品作成
俺もフレと話して気付いたけど、多分こんな感じ
17：名無しの鍛治
＞＞16
まとめサンクス
じゃあ格闘家の相手がゴリラってことか
ゴリラと殴り合いってｗｗ
18：名無しの僧侶
いきなり街に放り出されて困ってます
どうしたらいいですか？
19：名無しの弓使い
正式版だいぶ変わったよねー
ベータはほんと、お試しって感じだった
20：名無しの僧侶
＞＞18
とりあえずＰＴ募集推奨
僧侶は序盤あんま出番ないから、レベ上げはそうとう忍耐いるぞとか言ってる自分も僧侶だがな！
21：名無しの槍使い

>>19
あー確かに
街っていうより村だったし
外も平原しかなかった
22：名無しの剣士
とりあえず外の探索いきまーす
報告は後ほど！
・
・
・
101：名無しの格闘家
なんだよ、あの熊…………強くね？
102：名無しの鍛治師
>>99
序盤ならこんなもんでしょ
鉄の剣とか革の鎧とかは基本
103：名無しの盗賊
>>101

野良モンスターはそこそこの強さなのに、熊だけめっちゃ強い
多分ボスと思われ
104：名無しの魔法使い
＞＞101
鑑定効かないし多分ボス
105：名無しの槍使い
始まって二日だけど、既に差がついてる
心折れそうｗｗ
106：名無しの弓使い
＞＞103＞＞104
とりあえずレベ上げ基本だろ
107：名無しの魔法使い
なんか今変なもの泥した
魔法石とか
108：名無しの戦士
＞＞107
なんだそれ？
三時間ぶっ続けで狩りしてるけど、見たことない

109：名無しの格闘家
＞＞108
107のガセネタじゃね？
110：名無しの魔法使い
黙れ、バカ
こっちは実物持ってんだよ
111：名無しの格闘家
は？
情報がいい加減だからだろ
あるなら画像載せろよ
112：名無しの錬金術師
＞＞110＞＞111
やめろやめろ揉めんな
荒らし扱いされるぞ
113：名無しの鍛治師
おいちょっと待て
魔法石とか、なんかそれ重要そうじゃね？
＞＞110

情報求む

・
・
・

738：名無しの盗賊
そろそろ先進みたいんだがな
ボス倒すやつ出てもおかしくない

739：名無しの裁縫師
＞＞737
なんか素材があるんじゃね？

740：名無しの木工師
＞＞736
ちょｗｗそれヤバいｗｗ
とりあえず一回寝ろ
741：名無しの剣士
は？

742：名無しの魔法使い
はっ？

743：名無しの盗賊
やられたか
744：名無しの格闘家
ん？
なんかイベントでも起きた？
745：名無しの剣士
＞＞744
大森林のボスが倒された
第二の街開放
746：名無しの鍛治師
ガタッ
747：名無しの裁縫師
ガタッ
748：名無しの錬金術師
ガタガタッ
749：名無しの槍使い
仲いいなお前らｗｗ
しかも揃って生産職

750：名無しの僧侶
討伐PTうさぎ団って……えらくかわいいな、おい

751：名無しの弓使い
きっとJSの仲良しPT

ワクワク

752：名無しの格闘家
＞＞751
おまわりさん、こいつです

753：名無しの魔法使い
アウト

754：名無しの鍛治師
アウト

755：名無しの裁縫師
アウト

756：名無しの弓使い
この団結力よｗｗｗｗ

・
・

・
900：名無しの木工師
900ゲット
901：名無しの剣士
＞＞898
訓練所でだいたい戦闘スキルとれるっぽい
俺は剣関連しかやってないけど
902：名無しの盗賊
さー お前ら、お引っ越しの準備はいいか？
次の街に出発だ！
903：名無しの鍛冶師
とりあえず素材もだいたい集まったし、次の街で生産進めるか
もし向こうに鍛冶場無いとかなったら泣く
904：名無しの剣士
は？
905：名無しの戦士
はぁ！？
906：名無しの盗賊

はぁぁぁぁ！？
９０７：名無しの魔法使い
この流れなんか見覚えあるｗｗ
９０８：名無しの僧侶
待て待て待てなんだそりゃ！？
９０９：名無しの錬金術師
深奥の湖？？
どこだそれ？
９１０：名無しの木工師
第二のダンジョンがクリアされたのか？
９１１：名無しの槍使い
＞＞９１０
それはない
移動開始したばっかだし、時間的に不可能
というか、まだ第二の街誰も行ってないはず
９１２：名無しの魔法使い
そもそも通知がおかしい
討伐したのがＰＴじゃなくてプレイヤーつってた

913：名無しの裁縫師
＞＞912
そんな細かいのよく気付いたなｗｗ
914：名無しの鍛冶師
じゃあこのカラスって奴ソロでボス倒したでＯＫ？
915：名無しの戦士
＞＞914
普通に無理
そもそも湖とか誰も見てないし
ソロ討伐とかあり得ん
916：名無しの錬金術師
流行りのチートか？
917：名無しの格闘家
＞＞916
チートなら運営がアナウンスしないだろ
正面から突破したはず
918：名無しの弓使い
カラスはうさぎ団のメンバー？

919：名無しの盗賊
＞＞918
うさぎ団たまたま見た
というか会ったけどカラスってやつはいなかった
920：名無しの戦士
＞＞919
メンバー名前頼む
921：名無しの槍使い
＞＞920
やめとけ
名前出すと晒しに見える
通報されるぞ
922：名無しの木工師
＞＞921
カラスは名前出してたじゃん
923：名無しの槍使い
＞＞922
あれは全体アナウンスで広めてたから、ギリセーフ……多分

924：名無しの剣士
とりあえず要注意だな、　カラス
925：名無しの盗賊
誰も知らないボス討伐とかすご過ぎｗｗｗｗ

エピローグ

一旦ログアウトしたものの、俺はすぐに再ログインしていた。ふと、やっておこうと思い付いたことがあったからだ。

「えーと、どこだったかな、と……」

軽く一人言を呟きながら、シラハナの中を歩いていく。見たところプレイヤーの数も大きく減っている。先ほどまでは大勢街をうろうろしてたというのに。やはり、第二の街が解放されて、みんな競うように向かっているのだろう。一つの街の中で、ずっとゲームし続けるのも窮屈だろうし。

『運営よりお知らせ致します』

「おっ？」

プレイヤー達の動向について考えながら歩いていたが、唐突にアナウンスが入った。

『本日二十二時より緊急メンテナンス作業を行います。終了予定は明日の朝六時の予定です。二十二時になりますと、強制的に全プレイヤーはログアウトされます。メンテナンスの間、ログインは一切できなくなりますのでご了承下さい』

……なんてこった。メンテナンスが入ってしまうとは想定外だ。周りからもプレイヤー達の「なんだとー!?」とか「ふざけんなー！」という悲鳴が聞こえてくる。

無理もないだろう。せっかく次の街が解放されたと思ったら、ログイン禁止の処置だもんな。楽しみにしてたのに、出鼻をくじかれる形になってしまったわけだ。

一方、俺はといえばそんなに慌ててはいなかった。

「ある意味、プレイヤーの足並みが揃うからな」

俺は明日も学校なので、深夜までログインしとく訳にはいかないが、中には徹夜でゲームを遊ぼうと考えていたプレイヤーもいるはず。そういう人達に大きな差を付けられてしまうのは……ダメではないが嬉しくもないな。

その点深夜にメンテナンスするとなれば、全員明日からのスタートとなり、条件が同じになる。

まぁ、世の中には昼間もログインできる人達もいるだろうが、そこは目をつむっておこう。

「残り時間も少ないし、やることやってサクサク帰るとしようか」

◆◆◆

「という訳で、隣町に拠点を移すことにしました」

「そうですか……」

俺はリアさんに挨拶しに来ていた。相手はNPCとはいえ、なんとなく感傷的な気分になったからだ。もちろん、打算も含まれている。もしかしたら、何か貴重なアイテムをくれるとか、クエストが発生するとか、何かしらの出来事を期待している面もある。そんなこんなで、薬局に顔を出してみた。

「またいつでも顔を見せに来て下さいね。お買い物の際は、お安くさせて頂きますから」

「ええ、もちろん。寄らせてもらいます」

どうやら特に収穫はないようだ。だからといって、無意味な行動ではない。「何も起こらないこと」、それ自体がわかっただけでも収穫だろう。

俺は笑顔のリアさんに見送られつつ、店を後にした。交流度も多少上がっていたので結果オーライということにしておこう。損はしてないしな。

他にも、あちこち顔を出して会話していく。武器屋にも寄ったり、リサーナさんに会いに行ったりもした。だが、いずれも会話にはなるものの、特に目新しい情報は手に入らなかった。

「何かしら変化があると思ったんだがな？」

街の解放によって、会話内容も変わってくると思ってたんだが、予想が外れてしまった。いや、むしろこれが当たり前なのかもしれない。ＮＰＣ達はこの世界の住人として設定されている訳で、ゲーム的な事情なんてわかるはずもない。つまり、俺達プレイヤーからすると、第二の街に行けるのは大きな変化だが、ＮＰＣ達にはそれは認識できてないということなんだろう。

隠しクエストの一つも出てくれれば大儲け、ぐらいの気持ちだったんだが仕方ないな。

「そろそろ落ちるかな………ん？」

考えながらだったので軽く俯いて歩いていたが、ふと顔を上げる。何か違和感を覚えたような気がしたからだ。辺りを見回すと、家と家の間の路地が目に入った。

そこには包帯を頭からぐるぐる巻きにして顔を隠した人物が立っていた。そして明らかにこちらを見ている。

「あれは確か、謎の商人だったな……」

そうだ、あの時の商人だ。確か以前、呪いの武器を大量に買い占めたんだった。路地の間からこちらを窺っているように見える。だが、その場に立っているだけで、特に動こうとはしていない。かなり不気味だ。……鑑定してみるには少々距離が遠いな。

俺は正体を見極めようとして、そちらへ向かって踏み出した。そのままゆっくりと商人に向かって歩を進める。

「……!?」

だが、ある程度まで近づいたところで、予想外のことが起こった。突然商人が消えてしまったのだ。比喩表現ではなく、本当に消えてしまった。

以前、俺もアーサー達と会った時に消えて見えるような演出をしたことがある。だが、俺の場合と今回の場合は全く違う。俺のはジャンプして、一瞬で消えたかのように見せかけたトリックだが、それとは違う。

徐々に体が薄くなっていくというか、透けていくような感じで消えていったのだ。

「……何者だったんだ、いったい」

今のは演出だったんだろうか。いや、一個人のプレイヤーにだけ演出するなんて、そんなことがあり得るのか。……考えてもわからない。情報が少な過ぎるな。

まだまだ謎なことは多いが、それはそれで面白くなってきた。この先の未知なる展開に心が躍る。

俺は今後の情報収集について思いを馳《は》せるのだった。

番外編　僧侶さんと不審者

私の名前はウルル。

本名は別にあるけど、今の私はゲームのプレイヤー。だから今の名前はウルル。

「ねぇ、一緒にゲームやらない？」

そんな風に誘われたのは突然のことだった。誘ってくれたのは私の親友。

私は人見知りで人と話すのが苦手で、いつもビクビク、オドオドしてばかりだった。話しかけてくれる人は少しはいたけど、私が上手く話せないのがわかると、みんな興味を失って離れていった。

そんな私が唯一友達だとはっきり断言できる人。私のたどたどしい話をきちんと聞いてくれて、最後まで離れていかなかった人。彼女が誘ってくれるんだったら、どこでもついていくつもりだし、それで楽しめると信じてる。

だから、誘われた時は驚いたけれど、特に断るつもりもなかった。でも、なんでゲーム？　あんまり興味なかったはずだよね？

よくよく話を聞いてみると、幼なじみに誘われたとのことだった。幼なじみの男子は、彼女が唯一素直になれない相手。誰にでもはっきりものを言う彼女が、本音を言えなくなってしまう人。

「べ、別に、誘われたからやるんじゃなくて……前から興味があったのよ！」

うん、かなりわかりやすい。恋愛には疎《うと》いと自覚している私にもバレバレだからね。

そんな私と彼女と幼なじみ……シロちゃんとアーサーは、なんやかんやあって三人でパーティを組むことになった。なんやかんやの部分は省略。

私は職業に僧侶を選んでいた。運動は苦手な方だし、前に出てモンスターに攻撃なんて考えられなかった。うん、みんなのサポートをしてるくらいが、私にはちょうどいい。本当は裁縫師とかも興味あったけどね……。

ガンガン前に出て突っ走るアーサーと、ストッパー役になってるシロちゃん。やっぱりいいコンビだと思う。もしかして私はお邪魔かな？　とも思った。でもむしろシロちゃんは私にいてもらいたいみたい。アーサーに対しては、つい喧嘩腰になっちゃうから、取り成して欲しいとのこと。本当に素直になれないんだね。

ちなみに私は、アーサーのことが好きとか別にそんなことはない。出会った時から、二人はセットみたいに思ってたから、考えたこともなかった。

◇◇◇

「だから突っ込んでいくの、やめなさいよ！」

「全員無事だったんだから、問題ないだろ！」

モンスターを倒しながら森の中を冒険していく。パーティのバランスも取れていて、順調だった。たまにアーサーがダメージをすごく受けて叱られている。まぁまぁ、怒らないで。私が回復させる

から、ね？

そんな中、森の奥まで進むと、大きな熊を見つけてしまった。見た瞬間なんとなく思った。あ、この子強い。勝てないかもしれない、って。

戦ってみたけど、実際あっさりやられちゃった。予想通り二人は負けた原因を巡って、揉めに揉めている。私は特にいい案は浮かばなかったけど、なんとか丸く収めたかった。苦し紛れにアイテムの補充を提案してみたら、意外なことに二人にすんなり受け入れられてしまった。

そしてアイテムを買い揃えた帰りのこと。不気味なプレイヤーに突然話しかけられた。いや、プレイヤーかNPCかもわからない。真っ黒なコートを着て顔を隠した、いかにも怪しげな人。

何この人……！　鑑定が効かない……⁉

正直言ってめちゃめちゃ怖かった。私は本を読むのが趣味だから、ある程度ファンタジーのことも知ってる。だからこの人が、例えば魔王軍の幹部とか、有名な殺し屋とか、そんな風に思えて仕方なかった。カラスって名乗ってたけど、それも偽名じゃないかと思う。

予想外なことに、カラスは情報を買わないかと持ちかけてきた。しかも、サービスで情報を一部教えてくれるって言ってる。私達にとってはすごく都合が良かった。何を企んでるんだろう？

カラスの教えてくれた情報を確認しにいった。もしかしたら罠かも、って私はビクビクしてたけど、そんなことなかった。少なくとも、教えてくれた情報は全て本当のことだった。

確認から戻ってくると、アーサーがカラスをパーティに誘おうと言い出した。情報が本当だったから、信用できる人だと思ったみたい。私はシロちゃんと一緒に反対した。でもダメだった。シロちゃんがあっさり説得を諦めたからだ。こうなったアーサーは何言っても聞かないって、わかってたみたい。流石幼なじみ。私の控えめな反対意見も、簡単に押し切られてしまった。

◇◇◇

交渉の結果、カラスは一回限りの助っ人で参加することが決まった。それがいい。こんな不気味な人がずっといたら、落ち着いてプレイできる気がしない。ただ一緒に森を歩いているだけなのに、そのことを痛感する。

「お前は参加しないのか……？」

「ひゃいっ!?　なんですか!?」

とかなんとか警戒しながら移動していたら、なんと当の本人に話しかけられた。いきなり何!?　びっくりして変な声が出ちゃったんだけど!?

けど、内容は私を気遣ってるとも取れるものだった。実はいい人なの……？　……いやいや騙されない！

いよいよ熊さんとのリベンジマッチ。気合いを入れて臨む。私は後衛だけど、気を引き締めて覚悟を決めた。

カラスは宣言通り、防御役としてしっかり仕事をしていた。おかげで私は非常に安全な立場から、皆を回復させている。見た目の印象と違って、真面目に仕事をしているみたい。……本当によくわからない。

「よっしゃー！」

「やったわ！」

「う、うん……！」

激闘を終えて、私達は喜び合っていた。私も柄にもなく興奮して、ハイテンションになってしまっていた。……せっかく倒せたんだから、これくらいはいいよね？

その後、問題が起きることもなく、カラスと別れた。結局最後までよくわからない人だった。

……でもまぁ、思ったより悪い人じゃなさそうだし、次会った時は怖がらずに、もう少し歩み寄ってあげてもいいかもしれない。

番外編　運営

ここはとある高層ビルのフロアの一つ。ずらりと並べられたデスクと、その一つ一つの上にはパソコンが一台ずつ設置されている。各デスクの前でたくさんの人間が作業を進めている。

そこへ部屋の扉を開き、一人の男が入ってきた。上等なブランド物のスーツに身を包んだ、三十代ほどの男性。髪は短く刈り揃え、顎から伸ばした髭はきちんと手入れがされている。

「橋本《はしもと》。どうだ、現状は？」

「ああ、部長。今のところ、順調っすね。特にバグも起こってません」

スーツの男性は机の一つに近づくと、そこでパソコンの画面に向き合い、素早くキーボードを叩いていた一人の男性に声をかけた。声をかけられた男性は、体型より大きめのシャツとジーンズを着た痩せた男性だった。長く伸ばした髪をひとまとめにして頭の後ろで縛っている。

「しっかり頼むぞ。なんたって、莫大な資金がつぎ込まれている訳だからな」

スーツの男性は、橋本と呼ばれた男性の返答に満足したのか、腕を組んで頷いている。そこへ橋本が更に会話を続ける。

「結局、大事なのは金なんですよね。まぁ開発に金がかかるなんてのは当たり前ですし」

おかげで僕らも結構いい給料もらってるんですけど、と橋本は続ける。不満そうな口調の割には、顔はまんざらでもなさそうにしている。

「お前もそこそこもらってるんだから、服でも買ったらどうだ。今着てるそれ、サイズ合ってないだろう?」

「サイズが合わないのは急に痩せたからですよ。まさかほんの数ヶ月でこんなに痩せるなんて思いませんでしたし。スケジュールがハード過ぎたんです」

髪を切りに行く暇もありませんでしたよ、とぼやく。橋本は更に、ブカブカの服をつまんで持ち上げてみせた。

「そう言うな。プログラマーが忙しいなんてのは、常識みたいなもんだろ」

「それを考慮しても、今回は忙し過ぎたって話です」

橋本はVRMMORPG『ビリオン』開発チームのチームリーダーだった。『ビリオン』はつい先日サービスが開始されたものの、そこに至るまでに激務と多大な苦労を経験していた。

「わかったわかった。多少ボーナスが増やせるように、俺が根回ししとくから」

「頼みますよ本当に……。そうでもなきゃやってられないですから」

「まぁ、今のところ特に問題もなさそうだし、少しは楽できるだろ?」

「いやぁ、次の準備もありますからね。楽ってほどではないです」

橋本は会話しながらも画面から目を離さず、キーボードを叩く手も止めていない。画面上では無数の文字列が流れるように映し出されては消えていった。

二人の会話が途切れたところで、高い音でポーンといった通知音がフロア全体に響いた。

『ボスプログラム1【グランドベア】がプレイヤーと遭遇しました』

続けて若い女性の声でアナウンスが響く。それぞれ作業していたプログラマー達は、声に反応して一瞬作業の手を止めていた。

「おっ、ボスに遭遇したか」

「まぁ想定の範囲っすね。大多数のプレイヤーは準備してから森に入ると思ってたっすから」

女性の声は『ビリオン』の管理用に作り出されたAI、通称『サポーター』のものだった。ゲーム内の状況監視を行うのに、人間だけではとても手が足りない。そこで無数のプレイヤーの動向を監視し、状況に応じて報告を行うというコンセプトで開発されたのがサポーターだった。

「で、この先の展開はどうなんだ？　プログラム作成は間に合いそうか？」

「そうっすね。ボスを倒さないことには次の街へのルートは解放されませんし、頑張っても数日はかかる見込みで……」

部長の問いに、橋本がそこまで続けたところで再び通知音が鳴り響いた。続けてアナウンスが流れる。

『ボスプログラムB1【クリアケルピー】がプレイヤーと遭遇しました』

「「「「な……何ぃぃぃぃ！？！？！？」」」」

アナウンスが流れると一瞬フロアが静まりかえる。次の瞬間、爆発的にフロア全体に動揺が広がっていく。

「そんなバカな!?」

「こんな速くたどり着けるはずが……!?」

「何かの間違いじゃ⁉」

怒号と悲鳴が飛び交い、バタバタと急激に慌ただしくなっていく。

「おい、橋本！　どういうことだ⁉」

「待って下さい！　今調べてるっすから！」

先ほどまで作業しつつも若干緩んだ雰囲気をまとっていた橋本は、慌てて手を動かしていく。その焦り具合は必死とも言えるほどだった。

この焦りようには理由があった。運営側の想定とは大幅に状況が変わっていたからだ。本来の想定では、グランドベアに遭遇したことで戦闘となる。そこでプレイヤー達はレベルを上げ、武器を強化しようやく討伐する。そして討伐したことで次の街への道が開かれる。そういう流れだった。

クリアケルピーは更に後のシナリオで討伐される予定であり、本来は遭遇するのはもっと先だった。

しかし、想定外に早くプレイヤーに発見されてしまったことで、事態が動いたという訳だ。

十分後、解析と調査がほぼ終わり、ようやく状況が判明してきた。一部の管理役の社員を除き、フロア内のほぼ全ての社員が部長と橋本の周囲に集まり、状況を報告し合っていた。

「つまりこのプレイヤーが、グランドベアを無視して奥まで侵入したのが原因だったと……」

「ええ、まさかというか、偶然とも言える出来事がいくつも重なっています」

若干落ち着きを取り戻した部長に対し、橋本は淡々と回答していく。該当するプレイヤーが移動に適したスキルをいくつも取得していたこと、グランドベアのＡＩがランダム行動のうち、休息を選択していたことなど、様々な要因が重なったが上の結果だった。

「そもそも、どうしてこんなに早く実装してたんだ。必要になってくるのは、もう少し先のはずだろう」

クリアケルピーの実装時期について部長が疑問の声を上げる。それに関して橋本が答える。

「湖だけの設置でも良かったんですがね。後からボスとダンジョンを追加するとなると、修正に手間がかかるんですよ。担当者がその手間を嫌ったというか、一度にしておく方が効率的と判断したんです」

集まっていたプログラマーのうちの一人が橋本の言葉に反応して、体をビクリと震わせた。部長はそれに気付いていなかったが、担当者が誰か知っている同僚達は、彼に対して同情的な視線を向けていた。

「なんにせよ、若干の修正が必要だろうな……」

「ええ、本来は第二の街が解放されてから、初めて湖の存在が明らかになる設定だったんですがね」

「あのー……と、いうことは……」

状況について話し合っていた部長と橋本の二人に、プログラマーの一人が声をかける。その表情は若干青ざめており、それは周囲の他のプログラマー達も同様だった。

「残業だろうな」

「「「「マジかー！？！？」」」」

部長の非情な宣告に絶望の声を上げるプログラマー達。忙しさが一段落したと思っていたところにこのトラブルは、彼らを絶望させるには十分過ぎるものだった。

彼らは知らない。発見はまだしも討伐には時間がかかると思われていたクリアケルピーが、この数日後には討伐されてしまうことを。そして、その影響でシナリオの練り直し、プログラムの修正が増加し、更なる残業地獄へと突き落とされてしまうことを。

あとがき

皆様、はじめまして。仮面色と申します。

この度は『情報屋さんは駆け回る』を手に取って頂き誠にありがとうございます。

この作品は『小説家になろう』に連載していたものを、改稿及び書き下ろしを加えたものとなります。

長年様々な作品を読み続けていたのですが、趣味が高じてとうとう執筆する側へとなりました。あくまで趣味で書いているものであり、こうして書籍を発売することになるとは執筆を始めた当初は夢にも思っていませんでした。

そもそも私自身、MMORPGも大好きなのですが、仕事に追われプレイする時間がほとんど取れないでいました。またゲーム自体も操作が上手くなく、なかなか思うようなプレイができませんでした。

そこで考えたのが、小説の執筆です。自身の理想とするゲームのプレイスタイルの一つを、物語として描くことならできるんじゃないか。そんな発想を原点として、この作品は制作されています。

この作品は主人公、黒崎飛躍《カラス》が情報屋になる為に努力していく過程を描いたものです。情報屋初心者の奮闘をご覧頂き、見守って頂ければ幸いです。

最後に、書籍化を進めて下さった編集部の担当様、この本を手に取って下さった読者の皆様、イラストを担当して下さったこよいみつき様に最大限の感謝を申し上げます。

本当にありがとうございました。

BKブックス

情報屋さんは駆け回る

2019年11月20日　初版第一刷発行

著　者　仮面色《かめんしょく》

イラストレーター　こよいみつき

発行人　大島雄司

発行所　株式会社ぶんか社
〒102-8405　東京都千代田区一番町29-6
TEL 03-3222-5125（編集部）
TEL 03-3222-5115（出版営業部）
www.bunkasha.co.jp

装　丁　AFTERGLOW

編　集　株式会社 パルプライド

印刷所　大日本印刷株式会社

ISBN978-4-8211-4534-8

Printed in Japan